Titus Maccius Plautus

Ausgewählte Komödien

Titus Maccius Plautus

Ausgewählte Komödien

ISBN/EAN: 9783743368286

Hergestellt in Europa, USA, Kanada, Australien, Japan

Cover: Foto ©Andreas Hilbeck / pixelio.de

Manufactured and distributed by brebook publishing software (www.brebook.com)

Titus Maccius Plautus

Ausgewählte Komödien

AUSGEWÄHLTE
KOMÖDIEN DES T. M. PLAUTUS.

FÜR DEN SCHULGEBRAUCH

ERKLÄRT

VON

JULIUS BRIX.

DRITTES BÄNDCHEN:

MENAECHMI.

LEIPZIG,
DRUCK UND VERLAG VON B. G. TEUBNER.
1866.

EINLEITUNG.

Inhalt des Stückes. Erster Act. Der Parasit Peniculus (Kehrwisch) erscheint vor dem Hause des reichen und gastfreundlichen Menächmus I, um, wie er früher oft an dessen üppiger Tafel gesessen, eine fette Einladung zu erhaschen. Als er eintreten will, tritt ihm Menächmus selbst entgegen, indem er eben aus dem Hause kommend seiner Frau eine Strafpredigt hält, dass sie ihn auf Schritt und Tritt beobachte und bei jedem Gange ausfrage. In heiterem Gespräch gehen sie nun zu dem nahegelegenen Hause der Geliebten des Menächmus, der Erotium, um bei ihr ein leckeres Mahl einzunehmen; auf ihr Klopfen tritt sie selbst heraus, und nachdem ihr Menächmus einen seiner Frau eben entwendeten Mantel geschenkt hat, bestellt er das Mahl und geht inzwischen mit dem Parasiten auf das Forum, während Erotium ihrem Koch Culindrus die nöthigen Befehle für den Markteinkauf gibt und dann in's Haus zurückgeht, um ihrerseits die erforderlichen Vorbereitungen für die Aufnahme der Gäste zu treffen.

Im zweiten Acte tritt der Syracusaner Menächmus II (Sosicles) auf, der seinen im Alter von sieben Jahren in Tarent bei dem Gedränge der Spiele verloren gegangenen Zwillingsbruder seit sechs Jahren überall suchend eben mit seinem Sklaven Messenio in Epidamnus angekommen ist. Messenio, unzufrieden über das kostspielige und erfolglose Herumreisen und sich nach Hause sehnend, warnt seinen Herrn vor den Gaunern und abgefeimten Dirnen in dem übelberüchtigten Epidamnus. Ihr Gespräch unterbricht der eben mit seinen Einkäufen vom Markte zurückkehrende Koch, welcher den Menächmus II für Menächmus I, den Geliebten seiner Gebieterin haltend ihn als solchen anredet (erste Verwechselung). Menächmus II wundert sich zwar, woher der Koch seinen Namen wisse, kann ihn aber, als derselbe von dem Gastmahl und den Gästen, vom Parasiten und der Erotium spricht, nur für einen Narren halten, während auch der Koch nicht weiss, was er von dem denken soll, der alle ihm so wohlbekannten Verhältnisse und Thatsachen leugne. Messenio aber ist überzeugt, dass der Koch im Dienste einer Dirne stehe, die Fremde an sich anlocke, um sie auszuziehen.

Endlich geht der Koch in das Haus, um der Erotium zu sagen, dass Menächmus vor der Thür stehe. Diese kommt heraus, hält den Menächmus natürlich ebenfalls für ihren Freund (zweite Verwechselung) und ladet ihn in's Haus ein; wiederum staunt Menächmus, sich bei Namen genannt zu hören, und kann nicht begreifen, was das Mädchen ihm von dem bestellten Mahle, dem Parasiten, der Frau und dem dieser genommenen und ihr überbrachten Mantel erzählt. Endlich folgt er, obwohl er ein Missverständniss ahnt, doch in der Hoffnung, dass dabei etwas zu profitieren sei, der Aufforderung der Erotium zum Mahle hineinzukommen, nimmt den Mantel, den sie ihm mit der Bitte übergibt einiges daran ändern zu lassen, als gute Beute in Empfang, sendet den Messenio mit den Packträgern in den Gasthof und gebietet ihm vor Sonnenuntergang zum Abholen wiederzukommen.

Im dritten Acte kommt der Parasit, der mit seinem Menächmus in eine Volksversammlung gerathen ist und ihn dort verloren hat, zurück, um zu sehen, ob er zum Mahle noch zurecht komme. Während er seine Befürchtung ausspricht, dass Menächmus absichtlich von ihm fortgegangen und das Mahl daher für ihn verloren sei, sieht er den Menächmus II bekränzt (s. zu V. 460), den Mantel auf dem Arme, aus dem Hause der Erotium treten. Ihn für Menächmus I haltend (dritte Verwechselung), empfängt er ihn mit bitteren Vorwürfen, dass er sich von ihm weggestohlen und ihn vom Mahle ausgeschlossen habe. Da Menächmus II nichts von ihm wissen will, geht der Parasit in äusserster Erbitterung mit dem Entschluss ab, sich zu rächen und alles der Frau des Menächmus zu erzählen. Darauf erscheint eine Dienerin der Erotium, um im Auftrage derselben dem Menächmus, den sie natürlich ebenfalls für Menächmus I hält (vierte Verwechselung), eine goldne Spange, ein früheres Geschenk desselben, zu übergeben, deren Fassung er ändern lassen soll. Menächmus nimmt auch diesen Schmuck an sich und geht ab, um den Messenio aufzusuchen und ihm sein Glück mitzutheilen.

Im vierten Acte tritt die über die Mittheilungen des Parasiten höchst aufgebrachte Frau des Menächmus I in Begleitung des ersteren auf, um ihren Mann zu suchen und ihn auszuzanken. Bald erscheint auch wirklich Menächmus I, der durch den Prozess eines Clienten auf dem Markte aufgehalten worden war, um später als er gedacht das Mahl und die Gesellschaft der Freundin zu geniessen. Als er aber zu ihr eintreten will, fährt seine Frau wie eine Furie auf ihn los und hält ihm die Entwendung des Mantels vor, während der Parasit ihm das hinter seinem Rücken abgehaltene Mahl zum Vorwurf macht, von dem er ihn ja, wie er meint, bekränzt aus dem Hause hat kommen sehen. Obwohl nun Menächmus I das letztere mit Recht leugnet, so findet er doch, da er das erstere nicht in Abrede stellen kann, auch darin keinen Glauben, und da seine Frau ihm droht ihn nicht in's Haus zu lassen, wenn er nicht den Mantel zurückbringe, so entschliesst er sich, während seine Frau nach Hause, der Parasit auf's Forum geht, den Mantel von der Erotium zurückzuverlangen. Als er sie aber herausrufen lässt und sie um Rückgabe des Mantels bittet, da seine Frau die ganze Sache erfahren habe, geräth sie, die ihm ja denselben übergeben zu haben glaubt, so ausser sich, dass sie nichts mehr von ihm wissen will und ihm die Thüre vor der Nase zuschlägt. In grosser Verlegenheit nun, was er, sowohl von der Freundin als von der Frau ausgesperrt, machen soll, beschliesst er sich mit seinen Freunden zu berathen, was zu thun sei.

Im fünften Acte trifft Menächmus II, der den Messenio sucht, mit der Frau des Menächmus I, die nachsehen will, ob ihr Mann nicht bald mit dem Mantel nach Hause komme, zusammen, und da Menächmus noch den Mantel auf dem Arme trägt, glaubt sie um so mehr, dass es ihr Mann sei (fünfte Verwechselung). Als sie ihn nun aber mit heftigen Vorwürfen empfängt und er eben so hitzig antwortet, ja sie gar nicht zu kennen erklärt, schickt sie in der Meinung, er wolle sie nur verspotten, nach ihrem greisen Vater, der ihm den Kopf zurechtsetzen soll. Dieser erscheint, erkundigt sich nach dem Vorgefallenen und nimmt zuerst der Frau gegenüber die Partie des Mannes, bis dieser, den er für Menächmus I halten muss (sechste Verwechselung), betheuert, weder die Frau zu kennen noch ihr Haus je betreten, geschweige denn ihr einen Mantel genommen zu haben. Da der Greis dies zuerst für Scherz, dann für Verrücktheit hält, wird Menächmus immer ungehaltener über die Belästigung und stellt sich endlich um loszukommen wahnsinnig, so dass der Alte, indem er die Tochter nach Hause gehen heisst, zu einem Arzte eilt, worauf Menächmus sich eiligst fortmacht, um zu seinem Schiffe zu gehen. Bald kommt der Alte mit dem Arzte zurück, zugleich aber auch zu seinem Unglück Menächmus I, sich über den Unstern, der ihn an diesem Tage überall verfolge, beklagend. Da der Alte ihn ja soeben wahnsinnig gesehen hat, so richtet auch der Arzt solche Fragen an ihn, wie sie an Geisteskranke gestellt zu werden pflegen, auf welche Menächmus I bissig und hitzig antwortet und so die Meinung, dass er wahnsinnig sei, immer mehr bestärkt. Endlich bestimmt der Arzt, der Greis solle wenigstens vier Leute holen, um ihn nach seiner Klinik zu schaffen. Inzwischen erscheint Messenio, um, wie ihm gegen Ende des zweiten Actes befohlen war, seinen Herrn Menächmus II von dem Hause der Erotium abzuholen; als nun der Alte mit den Knechten zurückkommt, um den Menächmus I mit Gewalt zum Arzte zu transportieren,

griechische Dichter gelegt hatte? Dann würde allerdings die Stelle nur für die Zeit des griechischen Originals, nicht aber der plautinischen Bearbeitung Beweiskraft haben.
Griechisches Original. Dass aber als Dichter des griechischen Originals Epicharmus, der zur Zeit des Aeschylus lebende Begründer der dorisch-sicilischen Komödie anzunehmen sei, woran viele noch heute festhalten, hat Ladewig 'Ueber den Kanon des Volc. Sed.' p. 19—26 und in weiterer Begründung Philol. I S. 276 ff. vollkommen widerlegt. Denn die einzige Stelle, worauf diese Annahme fusste, Men. prol. 12 *hoc argumentum sicelissat* sagt nur: das Argument d. h. die Summe der diesem Stücke zu Grunde liegenden Begebenheiten trägt sich, wenigstens der Hauptsache nach, in Sicilien zu und die Handlung erwächst auf sicilischem Boden (und dies ist richtig, trotzdem Epidamnus der Schauplatz des Stückes ist), wenn sie aber auch den Sinn hätte, den sie nicht hat: das Stück ist von einem sicilischen Dichter geschrieben, so würde auch daraus nichts folgen, da der Prolog erweislich nicht von Plautus herrührt. Denn zu den in der Einl. Trin. S. 21 f. nach Ritschl Par. I S. 233 geltend gemachten, auch die meisten übrigen Prologe verdächtigenden Gründen treten hier nicht nur die allgemeinen Kennzeichen der späteren nichtplautinischen Prologe: 'Die geschwätzige Breite, die lästigen Wiederholungen, der Mangel gehörigen Zusammenhanges, vorzüglich aber die frostige Witzhascherei, die es nur zu geschraubten Spässen bringt' (Ritschl l.l. p.236), sondern es sprechen auch (s. Ladewig Philol. I S.278 f.) einzelne Stellen des Prologs ganz unzweideutig für eine spätere Abfassung. Zunächst ist der grelle Widerspruch zwischen V. 5 f.

Nunc argumentum accipite atque animum advortite:
Quam potero in verba conferam paucissuma.

und 14—16

Nunc argumentum vobis demensum dabo,
Non modio neque trimodio, verum ipso horreo:
Tanta ad narrandum argumentum adest benignitas.

nicht nur für Plautus unmöglich, sondern auch selbst dem mittelmässigsten Prologschreiber nicht zuzutrauen; die Stelle 7—16 gehört offenbar einem anderen Dichter an als 1—6, die breite Ausführlichkeit des nach V. 16 folgenden Arguments sieht mehr dem Dichter von 7—16 als dem von 1—6 ähnlich, so dass 1—6 der Anfang eines für eine andere Aufführung bestimmten Prologs zu sein scheint, während von dem übrigen uns vorliegenden Prologe der Anfang verloren gegangen ist. Sodann können V. 7 mit *poetae* nicht Zeitgenossen des Plautus bezeichnet sein, als welche sich nur Nävius und Ennius nennen liessen, sondern nur mittelmässige nach dem Ableben des Terenz im Anfange des siebenten Jahrhunderts der Stadt die Bühne versorgende Palliatendichter, auf welche auch allein der V. 8 f. erhobene Vorwurf der Gräcomanie passt, während Plautus die Handlung in nicht weniger als sechs Stücken (Amphitruo, Captivi, Cistellaria, Miles Gloriosus, Poenulus und Rudens) nicht nach Athen verlegt. Ferner kann V. 45 f.

> Propterea illius (i. e. *Menaechmi*) nomen memini facilius,
> Quia illum clamore vidi flagitarier

der Ausdruck *flagitarier* nur so verstanden werden, dass der Prologsprecher, nämlich der Theaterdirector (*dominus gregis*) in scherzhafter Anknüpfung an das Vorhergehende dem Publicum mittheilt, dass er gesehen, wie man den Menächmus d. i. das plautinische Stück dieses Namens verlangt habe, was ganz im Einklang mit der anderweitig constatierten Thatsache steht, dass nach dem Absterben der guten Palliatendichter im Anfang des 7. Jahrh. d. St. auf Plautus zurückgegangen und Wiederaufführungen seiner Stücke vom Volke **stürmisch verlangt** (*flagitare*) wurden. Da also der einzigen Stelle, aus welcher Epicharmus als Vorbild der Zwillinge des Plautus nachgewiesen werden sollte, von Ladewig alle Beweiskraft entzogen ist, so würde die Frage nach dem Original der Menächmen bei dem misslichen Umstande, dass sämmtliche uns erhaltene Fragmente von griechischen Dichtern der neueren Komödie nur allgemeine und kaum mehr als zufällige Aehnlichkeiten mit den plautinischen Zwillingen bieten, ganz offen bleiben müssen, wenn nicht eine von Athen. XIV p. 658 F' gemeldete Thatsache auf eine ganz bestimmte Spur hinwiese: οὐδὲ γὰρ ἂν εὕροι τις ὑμῶν δοῦλόν τινα μάγειρον ἐν κωμῳδίᾳ, πλὴν παρὰ Ποσειδίππῳ μόνῳ. Da nun in allen anderen plautinischen Stücken, wo Köche vorkommen, dieselben jedesmal vom Forum gemiethet werden (in der Aulularia, Casina, im Mercator und Pseudolus nach ausdrücklicher Angabe, im Curculio und Miles ist bei mangelnder Angabe dasselbe Verhältniss sicher vorauszusetzen) und nur in den Menächmen I 3 extr. I 4 und II 2 der Koch Culindrus als Haussclave der Erotium erscheint, so hat die Folgerung Ladewigs, dass Poseidippos der Dichter des von Plautus bearbeiteten griechischen Stückes sei, allerdings sehr grosse Wahrscheinlichkeit für sich; 'denn' — so führt Ladewig weiter aus — 'an und für sich steht der Annahme, im Posidipp das Vorbild des Plautus zu sehen, nicht nur nichts entgegen, sondern sie wird unterstützt durch den grossen Ruhm, in dem Posidipp als Komödiendichter stand, mehr aber noch durch die Nachricht des Gellius II 23, dass römische Dichter einige seiner Dramen nachgebildet hätten. Da wir nun aber von den 40 Dramen des Posidipp nur noch die Titel von 18 kennen und unter diesen keiner auf einen mit den Menächmen verwandten Stoff hindeutet, so ist die Annahme vielleicht nicht zu kühn, dass auch Posidipp *Δίδυμοι* geschrieben habe und darin dem Plautus Vorbild geworden sei.' Ebenso würde die Terenzische Hecyra, wenn die auf Donat sich stützende (s. Ritschl Par. I 325 f.) Ueberlieferung Recht hätte, die Nachbildung einer gleichfalls im Alterthum nirgends erwähnten *Ἑκυρά* des Apollodorus sein. Dass aber aus einem so untergeordneten Umstande ein Schluss auf den Ursprung des ganzen Stückes gezogen ist, mag wohl auf den ersten Blick Bedenken erregen, indess wenn die so als wahrscheinlich angenommene Thatsache sonst nichts gegen sich hat, im Gegentheil durch andere Momente eher unterstützt wird, so müssen wir uns eben wie in vielen anderen Fällen auf diesem Gebiete hierbei so lange beruhigen, bis ein directeres Verhältniss zwischen dem plautinischen Stücke und seinem Original nachgewiesen wird. *Δίδυμοι* aber müsste das vermuthete Stück des Posidipp, falls es nicht einen Personen- oder Sachnamen zum Titel hatte, betitelt gewesen sein, da dies der Titel sämmtlicher Komödien war, in denen das Motiv einer täuschenden Aehnlichkeit zweier Personen zur Herbeiführung komischer Situationen benutzt wurde. Es war aber dies Motiv den griechischen Dichtern schon durch die homerische Praxis, Götter in Menschengestalt erscheinen zu lassen, nahe gelegt und sodann zunächst von Tragikern, wie das Trugbild der Helena in dem gleichnamigen Drama des Euripides zeigt, benutzt worden, bis die Komiker sich diesen Zug aneignend die Fabel von zum Verwechseln ähnlichen Zwillingen um die Wette bearbeiteten, so dass die Geschichte der mittleren und neueren attischen Komödie von nicht weniger als sechs Dichtern: Antiphanes, Anaxandrides, Alexis, Xenarchos, Aristophon und Euphron (abgesehen von der Variation in den *Δίδυμαι* des Menander und in *Αὐλητρίς ἢ Δίδυμαι* des Antiphanes) *Δίδυμοι* aufführt, wobei wir noch zu der Vermuthung berechtigt sind, dass mehrere andere Dichter (wie wir dies für Posidipp mit Wahrscheinlichkeit annehmen), von denen dies nicht berichtet wird, dasselbe Thema bearbeitet haben. Auch der doppelte Sosia und Amphitruo im Amphitruo des Plautus, sowie die Fiction der Philocomasium im Miles von einer ihr ganz gleich sehenden Schwester sind als Variationen derselben Grundidee anzusehen. Von neueren Bearbeitungen der Menächmen-Fabel sind am bekanntesten Shakespeare's *Comedy of errors*, Regnard's *les Ménechmes ou les jumeaux*, Goldoni's *i due gemelli veneziani*, Maximilian v. Klinger's Zwillinge.

Römisches Gepräge. Die schon in der Einleitung zu den *Captivi* gemachte Bemerkung, dass bei Erwähnung von Oertlichkeiten, Sitten, bürgerlichen Einrichtungen u. dgl. vorzugsweise römischer Charakter vorherrscht, gilt auch für die Menächmen. Auch hier scheint Plautus, wo er in seinem Originale ausführlichere Besprechungen griechischer Verhältnisse vorfand, statt dieser der Sitte der Palliatendichter gemäss die entsprechenden römischen gesetzt zu haben, ja ein rein attisches Stück ohne römische Zuthat wäre von seinen Zuschauern wohl weder recht verstanden noch mit Beifall aufgenommen worden. So ist denn römisch die ganze von Clienten handelnde Scene IV 2, wo schon Köpke richtig bemerkt: 'Diese ganze Ausführung über das Clientenwesen ist so durchaus römisch, dass hier wenig oder gar nichts Griechisches zu Grunde liegen kann, und es abermals einen Beweis liefert, wie frei Plautus seinen gräcisierenden Stoff verarbeitete oder ihn wohl bis auf die griechelnden Namen ganz römisch gestaltete.' Ferner die Anspielung auf die Schuldhaft V. 97, die Erwähnung der *comitia* (*centuriata*) in III 1, der Freilassung des Messenio 1150, der *furca* als Sklavenstrafe 943, des *Jupiter Capitolinus* 941, eines römischen Collegiums 165, die Beziehung auf die Spiele im Circus 161 ff., auf militärische Verhältnisse 130—138 und 182—188, womit zu vergleichen die Scenen Pers. V 1 und Pseud. II 1, welche nur für römischen Geschmack berechnet auch nur einem römischen Publicum gefallen konnten.

Hiatus im Senar. Den stark angezweifelten Hiatus in der Cäsur des jambischen Senars haben wir, wo ihn die Handschriften boten und kein besonderer Umstand den Verdacht einer Verderbniss begründete, in diesem Stücke unangetastet lassen zu müssen geglaubt. Die unbefangene Erwägung des Umstandes, dass der Hiatus in der Hauptcäsur des troch. Octonars und Septenars, des jamb. Octonars und Septenars, des anapäst. Octonars und Septenars, ja sogar in der Versmitte zweier cat. troch. Tripodien, ferner im cret. und baccheischen Tetrameter, desgl. in der Verbindung eines cret. Dimeters mit einer cat. troch. Tripodie d. h. in der Hauptcäsur aller von den Komikern gebrauchten Versarten ohne Anstoss zugelassen erscheint, ja dass auch der altrömische Saturnier diesem Gesetz folgte oder vielmehr damit voranging, macht es a priori wahrscheinlich, dass auch der jambische Senar den Hiatus vertrug; diese Wahrscheinlichkeit wird uns zur Gewissheit, wenn wir eine grosse Anzahl von Senaren, an denen sonst kein Makel noch Verdacht haftet, in allen Handschriften mit Hiatus gebaut finden. Gesträubt hat man sich gegen die Anerkennung dieser Thatsache (wofür in neuerer Zeit zuerst wieder mit Nachdruck das Wort ergriffen hat Th. Bergk Philol. 1860 S. 50) hauptsächlich deswegen, weil nicht wenige der dafür angeführten Belegstellen bei näherer Prüfung theils durch andere Messung theils durch richtigere Schreibung den Hiatus wieder aufgeben mussten und so die Annahme nicht unbegründet schien, dass sich bei weiterer Forschung auch die noch übrigen Beispiele als eben so wenig stichhaltig herausstellen würden. Und allerdings muss aus der (keineswegs vollständigen) Zusammenstellung von gegen 250 Beispielen, die kürzlich A. Spengel in 'T. M. Plautus. Kritik, Prosodie, Metrik'. S. 189—202 gegeben hat, noch mancher Vers gestrichen werden (Truc. III 1, 20 *qui nón extemplo-intres* ist *intres* weder plautinisch noch handschriftlich begründet und, da in *B C ire si* steht, *intro ieris* zu schreiben, Poen. III 3, 88 ist *ibi ego replebo te* nach A umzustellen, andere Stellen sind durch richtigere Scansion zu beseitigen wie Truc. I 1, 3. Men. 250. 520, noch andere sind überhaupt verdorben wie Men. prol. 13. Pers. 67), aber die Zahl der übrig bleibenden völlig unverdächtigen Verse, von denen ein Theil sich auch entweder hartnäckig gegen jede Aenderung sträubt oder nur durch höchst gewaltsame Mittel vom Hiatus zu befreien ist, erscheint immerhin noch gross genug, um den Hiatus im Senar sicher zu stellen. Ueber die Zulassung einer anderen Form des Hiatus s. zu 388.

Scene. Die Handlung spielt in Epidamnus, ihr Schauplatz ist durchweg der Strassentheil zwischen den beiden benachbarten Häusern des Menächmus I und der Erotium.

T. MACCI PLAVTI
MENAECHMI.

ARGVMENTVM.

Mercátor Siculus, quoi erant gemini fílii,
Ei surrupto áltero mors óptigit.
Nomén surrupti indit illi, qui domist,
Auós paternus, fácit Menaechmum e Sósicle.
Et is germanum, póstquam adoleuit, quaéritat   5
Circum ómnis oras. póst Epidamnum déuenit:
Huc fúerat ductus ílle subreptícius.
Menaéchmum ciuem crédunt omnes áduenam,
Eúmque appellant méretrix, uxor ét socer.
Ibi sé cognoscunt frátres postremo inuicem.   10

2. *ei* zweisilbig wie Prol. 18 und nicht selten bei Plautus selbst. Ueber *surrupto* s. zu Trin. 83, über den Hiatus in der Cäsur s. Einl.

4. *e Sosicle*, s. 1125 ff.
9. *appellant*, setzen zur Rede, beschuldigen.

PERSONAE.

PENICVLVS PARASITVS
MENAECHMUS I.   }
MENAECHMVS II. (SOSICLES) } ADVLESCENTES
EROTIVM MERETRIX
CYLINDRVS COQVOS
MESSENIO SERVOS
ANCILLA
MATRONA
SENEX
MEDICVS.

PROLOGVS.

Salútem primum iam á princípio própitiam
Mihi átque uobis, spéctatores, núntio.
Adpórto uobis Plaútum lingua, nón manu:
Quaeso út benignis áccipiatís aúribus.
Nunc árgumentum accípite atque animum aduórtite: 5
Quam pótero in uerba cónferam paucíssuma.

Atque hóc poetae fáciunt in comoédiis:
Omnis res gestas ésse Athenis aútumant,
Quo uóbis illud graécum uideatúr magis.
Ego núsquam dicam, nísi ubi factum dícitur. 10
Atque ádeo hoc arguméntum graecissát: tamen
Non átticissat: uérum sicelissát *tamen*.
Huic argumento antelogium hoc fuit:
Nunc árgumentum uóbis demensúm dabo,

. 3. *Plautum i. e. Plauti fabulam*, vgl. Ter. Phorm. prol. 24 *adporto nouam Epidicazomenon quam uocant comoediam*. — *lingua, non manu*, Prologistenwitz, wie sich deren zahlreiche in den nichtplautinischen Prologen finden, s. 49 ff.
7. *atque*, die angekündigte Mittheilung des Arguments wird durch eine Vorbemerkung über das gewöhnliche auf Täuschung des Publicums berechnete Verfahren der lat. Dichter in Betreff des Schauplatzes der Handlung verzögert.
9. *illud* näml. *argumentum*, also auch das Stück selbst.
10. *ego*, nicht Plautus, sondern der Schauspieldirector, der den Prolog sprach. — *nisi ubi factum dicitur*, 'ausser wo es (im Stück, also vom Dichter) angegeben wird', womit er nicht die Möglichkeit andeutet, dass ein Prologschreiber die im Stück bezeichnete Scene der Handlung im Prolog anders wohin verlegen könnte, sondern in einem frostigen Scherz eben nur den Gegensatz des Verfahrens der damaligen Komödiendichter mit dem des Plautus, der den Schauplatz der Handlung bald hierhin bald dorthin versetzt, hervorhebt.
11. *atque adeo* 'und dazu, obendrein' d. i. und sogar, wirklich, 21. 126. Zusammenhang: und wirklich spielt dieses Stück auf griechischem Boden (während andere Dichter nur den Schein des Griechischen affectieren), doch nicht auf attischem, aber doch auf sicilischem. *sicelissat* (σικελίζει) *tamen*, als hätte das vorige Glied concessive Form: *etsi non atticissat*.
13. Lückenhafter und verdorbener Vers, der etwa so gelautet haben mag: *Hoc fabulae argumento antelogium fuit*.
14. *demensum dabo*, der Prologist nimmt die Miene eines Kaufmanns oder auch eines *procurator peni* (s. zu Trin. 81) an, der den täglichen Bedarf an Lebensmitteln herausgab und den Sklaven ihr monatliches Deputat (*demensum* Ter. Phor. I 1, 9) zutheilte.

Non módio neque trimódio, uerum ipso hórreo: 15
Tanta ád narrandum argúmentum adest benígnitas.

Mercátor quidam fuit Suracusis senex.
Eí sunt nati fílii gemini duo,
Ita fórma simili púeri, utí matér sua
Non ínternosse pósset quae mammám dabat, 20
Neque ádeo mater ipsa quae illos pépererat;
Vt quídem ille dixit míhi, qui pueros uíderat:
Ego illós non uidi, né quis uostrum cénseat.
Postquám iam pueri séptuennes súnt, pater
Oneráuit nauim mágnam multis mércibus. 25
Inpónit geminum álterum in nauém pater,
Taréntum auexit sécum ad mercatúm simul:
Illúm reliquit álterum apud matrém domi.
Tarénti ludi fórte erant, quom illúc uenit:
Mortáles multi, ut ád ludos, conuénerant: 30
Puer ínter homines *ibí* aberrauit á patre.
Epidámniensis quidam ibi mercatór fuit:
Is púerum tollit átque in Epidamnum áuehit.
Pater éius autem póstquam puerum pérdidit,
Animúm despondit: eáque is aegritúdine 35
Paucis diebus póst Tarenti emórtuost.
Postquám Suracusas de eá re rediit núntius
Ad auóm puerorum, púerum surruptum álterum,
[Patremque pueri Tarenti esse emortuom,]
Immútat nomen huic auos gemino álteri. 40
Ita illúm dilexit, qui subruptust, álterum:
Illíus nomen índit illi qui domist.
Ne móx erretis, iám nunc praedicó prius:
Idémst ambobus nómen geminis frátribus.

15. *horreo*, also sehr reichlich; das Argument soll sehr ausführlich erzählt, werden.
16. *Ádĕst* wie *pótĕst* Einl. Trin. S. 14 als Pyrrhichius.
19. '*mater aliquando pro nutrice ponitur*' Non. p. 423. 343. — *sua*, 'die eigene', s. zu Trin. 156.
26. *geminum*, Hiatus, s. Einl. S. 9.
28. *illum i. e. Sosiclem.*
33. Epidamnus, das spätere Dyrrhachium, Brundisium in Italien grade gegenüber gelegen. Plin. H. N. III 23 *Epidamnum colonia propter inauspicatum nomen Dyrrhachium appellata.*

36. *animum despondit*, gerieth in Verzweiflung.
37. *Syrācūsas* ist durch die Einl. Trin. S. 16 zusammengestellten Beispiele gesichert.
39. Dieser Vers ist wohl richtig von Bothe als nicht vom Dichter herrührender Zusatz in Klammern gesetzt worden; hier kam es nur auf den Verlust des Knaben an, der Tod des Vaters ist für die Handlung gleichgültig.
40. *huic i. e. Sosicli.*
43. *iam nunc* 'schon jetzt', dagegen *nunc iam* (s. zu Trin. 3) 'jetzt nun'.

Menaéchmo idem quod álteri nomén facit: 45
Et ipsus eodemst áuos uocatus nómine.
Proptérea illius nómen memini fácilius,
Quia illúm clamore uídi flagitárier.
Nunc in Epidamnum pédibus redeundúmst mihi,
Vt hánc rem uobis éxamussim dísputem. 50
Si quis quid uostrum Epidámni curarí sibi
Velít, audacter imperato et dicito:
Sed ita út det, unde cúrari id possít sibi.
Nam nisi qui argentum déderit, nugas égerit:
Qui déderit, magis maióres nugas égerit, 55
Verum illuc redeo, unde ábii, atque uno adsto in loco.
Epidámniensis ílle, quem dudum díxeram,
Geminum illum puerum quí surrupuit álterum,
Ei líberorum, nísi diuitiae, nil erat.
Adóptat illum púerum surrupticium 60
Sibi fílium eique uxórem dotatám dedit,
Eúmque heredem fécit, quom ipse obiít diem.
Nam rús ut ibat fórte, ut multum plúerat,
Ingréssus fluuium rápidum ab urbe haud lóngule,
Rapidús raptori púeri subduxít pedes 65
Apstráxitque hominem in máxumam malám crucem.
Ita illi divitiae éuenerunt máxumae.
Is illic habitat géminus surrupticius.
Nunc ille geminus, qui Suracusís habet,
Hodie in Épidamnun uéniet cum seruó suo 70
Hunc quaéritatum géminum germanúm suom.

---

45. Dieser Vers ist wohl nur eine Glosse zu 42; die Bücher *fuit*, wofür Ritschl *facit*.
48. *flagitarier*, s. Einl. S. 8.
50. *examussim*, nach der Richtschnur, also genau, haarklein.
52. *velit*, über die lange Schlusssilbe s. Einl. Trin. S. 19. Corssen Aussprache I 355.
55. Die ganze Stelle von 49 an kehrt mit leichter Variation Poen. prol. 79—82 wieder. *magis*, zur Verstärkung des Comparativs gebraucht, s. zu Capt. 638.
57. *ille* Pyrrhichius, s. Einl. Trin. S. 17. Nach den zwei Zwischensätzen wird *ille* durch *ei* ersetzt, der Constructionswechsel bildet die Zwanglosigkeit der Umgangssprache nach. — *dudum*, s. zu Trin. 923. Capt. 475.

59. *nisi diuitiae*, als gehörte auch der Reichthum zu den Kindern.
62. *heredem fecit*, nicht als ob er ihn am Todestage zum Erben eingesetzt hätte, sondern mittelbar, indem ihm eben durch den Tod das Vermögen jenes zufiel. Der Prologist hat Poen. V 2, 110 nachgebildet, vgl. Poen. prol. 77 Gep.
63. *plúerat* wie *füerat*, s. zu Capt. 259. Uebrigens schreibt Th. Bergk, um die Härten im Ausdruck und Satzbau zu beseitigen: *Ingressus t ... longule. Rapidus raptori fluuius subduxit pedes.*
67. Nach Einl. S. 9f. ist auch die Scansion mit Hiatus zulässig: *ita illi diuitiae.*
69. *habet* = *habitat*.
70. *seruo*, dem Messenio.

Haec úrbs Epidamnus ést, dum haec agitur fábula:
Quando ália agetur, áliud fiet óppidum;
Sicút familiae quóque solent mutárier:
Modo hic ágitat leno, módo adulescens, módo senex, 75
Paupér, mendicus, réx, parasitus, áriolus.
* * * * * *

ACTVS I.

PENICVLVS.

Iuuéntus nomen fécit Peniculó mihi
Ideó quia mensam, quándo edo, detérgeo.
* * * * * *
Hominés captiuos quí catenis uínciunt,
Et quí fugitiuis séruis indunt cómpedes, 80
Nimis stúlte faciunt meá quidem senténtia.
Namque hómini misero si ád malum accedit malum,

72. Auf den Hintergrund der Scene zeigend sagt er: dies hier stellt die Stadt Epidamnus vor.
74. *familiae*, die Truppen der Schauspieler, 'meistens Freigelassene oder Sclaven, die zu diesem Behufe ausgebildet von ihren Herren theils zu ihrer eigenen Unterhaltung gehalten, theils für Bezahlung vermiethet wurden'. Marquardt Röm. Alterth. IV S. 534.
75. *hic i. e. hic histrio; agitat* intrans. 'agiert, tritt auf als *leno* u. s. w.' *i. e. agit lenonis partes.*
76. Das Ende des Prologs ist verloren gegangen.
77. Der Eingang des Stückes hat kein sogenanntes πρόσωπον προτατικόν (*persona protatica* oder *extra argumentum*) d. h. eine solche Person, die nur die Bestimmung hat, die Zuhörer in die Handlung des Stückes einzuführen, ohne direct an derselben betheiligt zu sein, s. Don. zum Anfang der Andria, Hecyra und Phormio.
78. *detergeo*, doppelsinnig wie wir: reinen Tisch machen. Noch zu Augusts Zeit gab es keine Tischtücher (Hor. Sat. II 8, 10) und man wischte den Tisch mit der *gausape* ab; der an einem längeren oder kürzeren Stabe befestigte *peniculus* diente besonders zum Abwischen der Meubles.
79. Der wohl mehrere Verse betragende Ausfall enthielt wie in den ähnlichen Stellen Capt. 67 ff. Stich I 3, 20 (174) an den Namen des Peniculus geknüpfte scherzhafte Bemerkungen. — *homines* verb. mit *captiuos*.
82. Da die Bücher *nam* haben, so ist es möglich, dass hier wie an anderen Stellen (89. 98. 223. 305. 309. 315. 317. 405. 485. 706. 710. 741. 903. 958. 961) die archaistische Form *homōni* gestanden hat, die Ennius Annal. 141 Vahl. brauchte und Prisc. VI S. 206 H. Charis. I 147 und Serv. zu Verg. Aen. VI 595 anführen, vgl. Fest. p. 100. In den plautinischen Handschriften finden sich freilich davon nur wenige Spuren, wie in B *homonum* Pers. 779 (wo der Vers aber die gewöhnliche Form verlangt) und Pseud. 734 (wo der Vers beide Formen verträgt). Mehr s. bei Corssen Krit. Beitr. S. 241 ff.

MENAECHMI.

Maiór lubidost fúgere et facere néquiter.
Nam se éx catenis éximunt aliquó modo,
Dum cómpediti ánum lima praéterunt 85
Aut lápide excutiunt cláuom: naugae súnt eae.
Quem tu ádseruare récte, ne aufugiát, uoles,
Esca átque potióne uinciri decet:
Apud ménsam plenam hóminis rostrum déliges.
Dum tu illi, quod edit ét quod potet, praébeas 90
Suo árbitratu ád fatim cottidie,
Numquam hércle effugiet, tam étsi capital fécerit:
Facile ádseruabis, dúm eo uinclo uincies.
Ita istaéc nimis lenta uincla sunt escária:
Quam mágis extendas, tánto adstringunt ártius. 95
Nam ego ád Menaechmum húnc eo; quo iám diu
Sum iúdicatús, últro eo, ut me uínciat.

83. *maior lubidost = magis lu-bet*, daher der Infinitiv *fugere*, s. zu Trin. 626. — *facere nequiter*, schlechte Streiche machen.
84. *eximunt i. e. expediunt*.
85. *anus*, der Ring der Fussfessel (davon *anulus*, der Fingerring).
86. *eae* Subject: diese Vorkehrungen sind nutzlos (*nugae*); das folgende ist adversativ: vielmehr muss man u. s. w. Ueber die Form *naugae* s. zu Trin. 396.
89. *rostrum* (derb für *os*), nicht wie sonst Hände und Füsse.
90. *edit*, über diese alte Conjunctivform s. zu Trin. 102. Plautus wird wohl *praehibeas* geschrieben haben.
91. *ad fatim* 'bis zur Uebersättigung', auch Poen. III 1, 31 wie *usque ad rauim* Aulul. II 5, 10, und so ist überall, wo diese Grundbedeutung noch hervortritt, *ad fatim* getrennt (wie hier wirklich in B steht) zu schreiben und ein Substantiv *fatis* 'Ermüdung' (wovon *fatigare*) anzunehmen, vgl. Paul. Fest. p. 11, wo *affatim* richtig mit *ad lassitudinem* erklärt wird, und Serv. zu Verg. Aen. I 123, der *fatim* noch als selbständige Form kennt. — Ueber die Schreibung *cottidie* s. Corssen Aussprache I 84.
92. *capital*, '*facinus, quod capitis poena luitur*'. Fest. 'hätte er auch eine Mordthat begangen'.
93. *dum = quamdiu*.

95. Nach *ita nimis lenta* sollte die Subordination *ut astringant* eintreten, wofür hier wie oft die Form des kräftiger einsetzenden Hauptsatzes gewählt ist; ganz so *standum est* 103 nach *ita* 101 und *tantas* 102. — *quam magis* für *quanto) magis* nur noch vier Mal bei Plautus, Poen. I 2, 135. Bacch. V 1, 5 (wo *tam magis* im Nachsatze). Asin. I 3, 6 (wo bloss *tam* ohne Comparativ folgt) und Bacch. IV 10, 1 (wo das blosse *magis* in der Apodosis); hier folgt *tanto* anacoluthisch, auch sonst ist die Correspondenz nicht genau, wie Most. 831 *ut quidque magis contemplor, tanto magis placet*.
96. *nam*, s. zu Trin. 23. — *quo* nicht unmittelbar auf Menächmus zu beziehen, sondern auf das folgende *ultro eo*, wo das demonstrative Adverb *eo* zu ergänzen ist. Nach *quo* pflegt aber das Demonstrativ in der Regel weggelassen zu werden, Stich. I 2, 85 *quo dedisti nuptum abire nolumus*. Merc. IV 6, 1 *era quo me misit, ad patrem*, (*is*) *non est domi*.
97. *iudicatus*, nach dem altröm. Executionsverfahren ward der verurtheilte Schuldner, wenn er nicht zahlte, dem Präter dem Kläger zugesprochen (*addictus, adiudicatus*) und sodann von dem Letzteren in dessen Haus abgeführt und gefesselt, vgl. Poen. V

Nam illic homo homines nón alit, uerum éducat
Recreátque: nullus mélius medicinám facit.
Itást adulescens: ipsus escae máxumae, 100
Ceriális cenas dát: ita mensas éxtruit,
Tantás struices cóncinnat patinárias:
Standúmst in lecto, sí quid de summó petas.
Sed mi interuallum iam hós dies multós fuit:
Domí domitus sum úsque cum carís meis: 105
Nam néque edo neque emo, nisi quod est carissumum.
Sed quóniam cari, qui instruontur, déserunt,

6, 4 *ut me suspendam, ne addicar
Agarastocli.* Rud. III 6, 53 *si quidem mea opera citius addici potest.*
98. *alere* 'zu essen geben' stillt bloss das Bedürfniss, *educare* 'auffüttern' wie 905.
99. *medicinam facere* technischer Ausdruck für 'heilen, curieren'. Cist. I 1, 76 *confidam fore (melius), si medicus veniat, qui huic morbo facere medicinam potest.*
100. *escae maxumae,* ein grosser Esser. Hor. carm. I 36, 13 *Damalis multi meri.* Cic. fam, IX 26 *multi cibi hospes.* Pl. Most. III 2, 95 *magni sunt oneris* d. i. sie tragen schwere Lasten.
101. *Cerialis* 'lukullische', so glänzende und üppige wie am Ceresfeste (*Cerialia*), das vom 12. bis 19. April im Circus gefeiert wurde. Ueber *i* in *Cerialis s.* Corssen Aussprache I 302.
102. *struĭces* wie *cervĭces cornĭces coturnĭces coxendĭces, s.* auch Corssen Krit. Beitr. S. 72. Fest. p. 310 *struices antiqui dicebant exstructiones omnium rerum,* hier also *patinarum.* — *concinnare, apte componere* Paul. Fest. p. 38. Die Worte *tantas struices concinnat* hält O. Ribbeck für eine Anspielung auf einen Tragödienvers, worin vielleicht von den vom Achill am Scamander aufgeschichteten Todtenhaufen die Rede war.
103. *standum* der betonte Begriff, vgl. Mil. III 1, 167 *sed procellunt sese in mensam dimidiati, dum appetunt* 'sie legen sich mit dem halben Leibe über den Tisch, indem sie gierig zulangen'. — *de summo, de summa patina.*

104. *interuallum,* er hat keine Einladung erhalten. — *hos:* mit *hic* und dem Accusativ wird ebenso die von der Gegenwart des Sprechenden aus vergangene wie zukünftige Dauer bezeichnet, 377 (vgl. zu Capt. 164); wenn jedoch keine bestimmte Beziehung auf die Gegenwart gegeben, sondern die Dauer ganz allgemein bezeichnet werden soll, pflegt *hic* nicht hinzugesetzt zu werden wie 950. Ter. Andr. 328. Eun. 636.
105. *domi domĭtus sum* 'daheim bin ich eingeheimst'; *domĭtus* sonst ohne Beispiel, eine Bildung der Laune des Augenblicks und des Reizes der Allitteration wie *ruri rurant homines* Capt. 82. So ist Rud. III 6, 60 *nam in cóllumbari collum haud multo post erit* für *cólumbari* gemessen um der Allitteration mit *collum* willen, wo alle Aenderungen überflüssig sind. Für *sum* erwartet man *fui.* — *cari mei* 'die theuren Meinen', parasitisches Wortspiel mit *cari=liberi* und *cibi,* denn ihm, dem Unbeweibten und Kinderlosen sind *cibi* so theuer als Anderen *liberi;* theuer kommen ihm aber auch die billigsten Speisen (denn solche versteht er sich selbst ironisierend) zu stehen, wenn er sie selbst kaufen muss. Aulul. II 8, 3 *uenio ad macellum, rogito pisces: indicant caros, agninam caram, caram bubulam* etc.
107. Sinn: aber da nun die Theuren, die (auf der Tafel) in Reih' und Glied aufgestellt werden, Reissaus nehmen (auf die Neige gehen). Mit Truppen werden die

Nunc ád eum inuiso. séd aperitur óstium:
Menaéchmum eccum ipsum uídeo: progreditúr foras.

MENAECHMVS I. PENICVLVS.

ME. Ní mala, ni stúlta sis, ni índomita ímposque ánimi, 110
Quód uiro odió uides, túte tibi odio hábeas.
Praéterhac sí mihi tále post húnc diem
Fáxis, faxó foris uídua uisás patrem.
Nám quotiens foras íre uolo,
Mé retines, reuocás, rogitas: 115
Quó ego eam, quám rem agam, quid negoti geram,
Quid petam, quíd feram, quíd foris égerim.
Pórtitorém domum dúxi: ita omném mihi
Rém necesse éloquist, quicquid egi átque ago.
Nimium ego te habui délicatam. núnc adeo, ut factúrus, dicam. 120
Quando égo tibi ancillás, penum,

Speisen auch Capt. 149 ff. verglichen. Die Stelle scheint noch nicht hergestellt, die Bücher geben *Id quoque iam cari.*
109. *Menaechmum:* durch die Namensnennung führt der Dichter die auftretende Person bei dem Publicum ein, s. Einl. Trin. S. 21 Anm., dasselbe geschieht mit Erotium 181 durch die Worte *eapse eccam exit*, mit dem Koch 219, während der andere Menächmus nebst Messenio durch das von 227 abgeführte Gespräch ebenso kenntlich gemacht wird wie die Zofe der Erotium 524 durch die ersten von ihr gesprochenen Worte, desgl. die Frau des Menächmus durch V. 559 ff., deren 753 auftretender Vater durch 729 ff. ausdrücklich angekündigt wird, wie auch die Person des Arztes V. 889 hinreichend durch 875 in Verbindung mit 882—888 gekennzeichnet war. Peniculus aber wird 77 durch directe Namensnennung vorgeführt. Vgl. Klotz zu Ter. Andr. 174.
110. Menächmus, eben aus dem Hause getreten, spricht zu seiner Frau, die voll Eifersucht ihm nachblickend an der Thüre steht, bis sie durch die harten Worte ihres Mannes endlich in das Haus hineingetrieben wird (130).
111. *odio aliquid habere* ersetzt dem Lateiner das fehlende Präsens von *odisse* wie *odio alicui esse* dessen Passiv.
112. *tale*, was er 114 ff. schildert.
113. *uidua* nicht bloss 'Wittwe', sondern sowohl jede vom Gatten zeitweise getrennte Frau wie Penelope Stich. I 1, 2 als auch eine geschiedene und überhaupt jede nicht verheirathete Person, die *sui iuris* war, s. 717.
114 und 115 ergeben zusammen einen troch. Octonar, wenn man mit Ritschl *ego* nach *foras* einschiebt; da aber das Nichtvorkommen dactylischer Verse in den Cantica noch nicht erwiesen ist, so scheint es räthlich einstweilen die Lesart der Bücher stehen zu lassen.
117. *portitor*, s. zu Trin. 794, vgl. 132 *huic custodi catae.*
119. Ueber den Proceleusmaticus im ersten Fusse s. zu Trin. 264. 806. — *delicatam habui*, habe dich verwöhnt, verzogen. — *ut facturus* (seltene Ellipse von *sum*) ist umschriebenes Object zu *dicam;*

2*

Lanam, aúrum, uestem, púrpuram
Bene praébeo nec quicquam eges,
Maló cauebis, si sapis:
Virum óbscruare désines. 125
Átque adeo, ne mé nequiquam sérues, ob eam indústriam
Hódie ducam scórtum atque ad cenam áliquo condicám foras.
PE. Íllic homo se uxóri simulat mále loqui, loquitúr mihi:
Nám si foris cenát, profecto me, haúd uxorem, ulcíscitur.
ME. Eúax, iurgio hércle tandem uxórem abegi ab iánua. 130
Vbi súnt amatorés mariti? dóna quid cessánt mihi
Conférre omnes congrátulantes, qui pugnaui fórtiter?
[Hánc modo uxori intus pallam súrrupui: ad scortúm fero.]
Sic huíc decet darí facete uérba custodí catae.
Hoc fácinus pulcrumst, hóc probumst, hoc lépidumst, hoc factúmst
  fabre: 135
Meó malo a mala ábstuli hoc: ad amícam deferétur.

facturus aber bezieht sich nicht auf das zunächst Folgende, sondern auf die daran geknüpfte Hauptsache, dass er jetzt erst recht den Emancipierten spielen will (125 f. *atque adeo ctt.*).
122. *lana* wollene, *purpura* purpurne Stoffe zu Kleidern (beides auch Stich. II 2, 52 verbunden), die ersteren für den Alltags-, die letzteren für den Festgebrauch; die Anfertigung der Kleider lag den Hausfrauen selbst ob, s. R. Klotz zu Ter. Andr. I 1, 48. — *uestis sc. stragula* collectiv'Decken, Teppiche' für Betten, Speisesophas u. s. w., s. 352.
123. *bene i. e. large, liberaliter.* — *praebeo*, s. zu 90.
125. *obseruare*, belauern, nachspüren, aufpassen.
126. *ob eam industriam* 'grade deswegen' eigtl. ironisch 'zum Lohne für deinen Eifer', s. 791. Merc. V 4, 66.
127. Hier will er also bei einem Freunde speisen und die Erotinm dazu mitnehmen (*ducam*), wie in der Mostellaria Callidamates die Delphium zum Philolaches mitnimmt; später (176) trifft er ein anderes Arrangement.
130. *euax*. Triumph!
131. Der Wechsel der troch. und jamb. Verse ist hier so wenig zu

beanstanden wie in den gleichfalls einen grossen Herzensjubel schildernden Stellen Capt. 764ff. Stich. 274 ff. — *amatores, qui alias mulieres amant.*
133. S. zu 136.
134. *sic* ... *facete*, das pathetisch-deiktische *sic* empfängt durch *facete* erst einen bestimmt begränzten Inhalt, so *sic utendam* 654, *sic cum palla* 197, *sic repente* 760. Mil. IV 2, 30 *Quid? ego astabo hic tantisper cum hac forma et factis sic frustra?*
136. *meo malo a mala* i. e. *mea calliditate a callida*, wie *malus* oft in diesem Sinne bei den Komikern gebraucht wird. Mil. Gl. II 2, 39. II 4, 3. Amph. I 1, 112. Cistell. IV 2, 61 *mala merx haec et callidast.* — *hoc, hanc pallam*, wobei er die bis jetzt unter dem *pallium* versteckt gehaltene *palla* hervornimmt. — *ad amicam* wie 176; die Bücher haben *addamnum*, was durch Verdoppelung des *d* entstanden und vergeblich zu erklären versucht worden ist; die *amica* ist wohl *damnifica*, aber nicht *damnum*. Zu diesem Verse ist V. 133 eine an unrechte Stelle gerathene Variation, so dass mit Ausnahme des ersten Verses diese ganze Rede des Menächmus jamb. Rhythmus hat.

Auórti praedam ab hóstibus nostrům salute sócium.
PE. Heús adulescens, écqua in istac párs inest praemí mihi?
ME. Périi, in insidiás deueni. PE. Immo ín praesidium. né time.
ME. Quis homost? PE. Ego sum. ME. O méa commoditas, ó mea
opportúnitas, 140
Sálue. PE. Salue. ME. Quid agis? PE. Teneo déxtera geniúm meum.
ME. Nón potuisti mágis per tempus mi áduenire quam áduenis.
PE. Íta ego soleo: cómmoditatis ómnis articulós scio.
ME. Vin tu facinus lúculentum inspícere? PE. Quis id coxit coquos?
Iám sciam, si quid titubatumst, úbi reliquias uídero. 145
ME. Dic mi, en umquam tú uidisti tábulam pictam in páriete,
Vbi aquila Catameitum raperet, aút ubi Venus Adóneum?
PE. Saépe. sed quid istaé picturae ad me áttinent? ME. Age me
áspice.
Écquid adsimuló similiter? PE. Quí istic ornatús tuost?

137. *salute* seltener Ablativ ohne *cum*, bei diesem Worte aber stehend. Rud. IV 2, 5 *quom (Neptunus) me ex suis locis pulcre ornatum expediuit salute horiae.* Merc. IV 5, 9 *(mater) rediit sua quidem salute ac familiae maxuma.*
138. *istac, praeda* i. e. *palla*.
139. *insidias*, er hält die Vorstellung des aus der Schlacht mit Beute zurückkehrenden Siegers fest. *praesidium* etwa 'Wiederhalt'; ähnlich ist 191 das Wortspiel mit *induuiae* und *exuuiae* (Anzug und Auszug).
140. *per tempus = opportune,* Truc. I 2, 84. Ter. Andr. IV 4, 44. Hec. IV 3, 16.
141. *quid agis?* Menächmns fragt nach dem Befinden des Peniculus, dieser antwortet, als wäre gefragt, was er jetzt thue. — *teneo*, der Sitte gemäss hatte er dem Menächmus beim Grusse die Hand gereicht.
143. *commoditatis*, eigtl. alle Theilchen der gelegenen Zeit kenne ich d. i. ich weiss jedesmal den richtigen Moment des Gelegenkommens.
144. *facinus luculentum*, ein Prachtstück von Beute (139), nämlich die *palla*, die er sich umhängen will; der Parasit denkt aber bei der Unbestimmtheit des Ausdrucks *facinus inspicere* an ein leckeres Gericht.

145. *iam*, zu 214. *si*, ob.
146. *en umquam = ecquando* Paul. Fest. p. 76, wie 925. Trin. 589; die Bücher verderbt *numquam*. — *tabula picta in pariete,* Wandgemälde.
147. *aquila* wohl als Anapäst, nicht Tribrachys zu nehmen, s.
188. — *Catameitus* für *Ganymedes* gehört zu der Classe latinisierter griech. Wörter, welche sich in vorlitterarischer Zeit aus mündlichem Völkerverkehr in Latium einbürgerten. Aehnliche naive Umbildungen griech. Wörter, die Plautus, wie er sie im Volksmunde vorfand, so auch zum Theil in seinen Uebertragungen griech. Originale für die Volksbühne beibehielt, sind *alcedo* für *alcyon* (Paul. Fest. p. 6) Poen. I 2, 24, *Alumentus* für *Laomedon* (Paul. Fest. p. 15), *Aperta* (id. p. 22) für *Apello Apollo*, *Polluces* für *Pollux* Bacch. IV 8, 53, *Melerpanta* (Inschrift eines Pränestinischen Spiegels s. Ritschl CIL p.16) und *Beleropanta* Bacch. IV 7, 12 für *Bellerophontes*, *Alcumeus* Capt. 559 für *Alcmaeo*, *Adoneus* hier für *Adonis* und die für alle Zeiten gebliebene *Proserpina* für *Persephone*. — Uebrigens wissen wir sonst nichts von einer Entführung des *Adonis* durch die Venus.
149. *similiter*, in Bezug auf den weiblichen Charakter der Schön-

ME. Dic hominem lepidissumum esse mé. PE. Vbi essurí sumus? 150
ME. Dic modo hoc quod égo te iubeo. PE. Díco: homo lepidíssume.
ME. Écquid audes dé tuo istuc áddere? PE. Atque hilaríssume.
ME. Pérge. PE. Non pergo hércle uerσ, nisi scio qua grátia.
Litigium tibíst cum uxore : eo mi ábs te caueo caútius.
ME. Áge sane igitur, quándo aequom oras, quám mox incendó
  rogum,   155
Clam úxorem ubi sepúlcrum habeamus, húnc comburamús diem?
PE. Dies quidem iam ad úmbilicum est dimidiatus mórtuos.
ME. Té morare, mihi quom obloquere. PE. Óculum ecfodito
  † pérsolum
Mihi, Menaechme, si úllum uerbum fáxo, nisi quod iússeris.
ME. Cóncede huc a fóribus. PE. Fiat. ME. Étiam concede húc.
        PE. Licet.   160
ME. Étiam nunc concéde audacter áb leoninó cauo.
PE. Eú: edepol ne tu, út ego opinor, ésses agitatór probus.
ME. Quídum? PE. Ne te uxór sequatur, réspectas idéntidem.

---

heit des *Ganymedes* und *Adonis*. — *ornatus*, er hat die *palla* unter sein *pallium* gezogen, s. 196.
150. *essuri*, über *ss* s. zu Trin. 406.
152. *audes*, s. zu 694. *de tuo*, von deinem Witze.
153. *qua gratia* 'was ich davon habe', worauf ja schon 150 seine Frage hinzielte.
155. *aequom oras*, da dein Verlangen '*scire qua gratia*' billig ist in Anbetracht dessen, dass ich wegen des Zerwürfnisses mit meiner Frau nicht zu Hause speise und du also nicht wie sonst in der Familie bei mir essen kannst, so müssen wir sobald als möglich (*quam mox*) hinter dem Rücken meiner Frau (*clam uxorem*) den Tag mit einem feierlichen Begräbniss (d. i. mit einem solennen *prandium*) zu Ende bringen und ihn dem Scheiterhaufen überantworten. Der lustig zu beschliessende Tag wird mit einem unter Gepränge zu begrabenden Menschen (daher *ad umbilicum* 156) verglichen, wie auch wir den Tag todtschlagen sagen.
158. *obloquere* 'dreinsprichst', denn in den vorigen Worten hatte ein leiser Vorwurf der Zögerung und eine Mahnung zur Eile ge-

legen. — *persolum*, offenbar verderbt, die bisherigen Verbesserungsversuche haben das Rechte noch nicht gefunden; erwähnenswerth ist Büchelers Vermuthung (nach einer Glosse bei Hildebrand p. 270 n. 128) *semorum* = *sine mora*, ein wie *commodum* gebildetes Zeitadverb.
160. *a foribus*, um bei dem, was er im Folgenden thut, nicht von der Frau belauscht zu werden. *etiam*, immer noch (Trin. 572) d. i. noch weiter. *licet* 'meinetwegen', Trin. 372. 517, die Zustimmung ausdrückend wie vorher *fiat* und nachher *eu* (schön!), oft geradezu als Bejahung 'ja, ja' wie besonders Rud. IV 4, 6—22.
161. *leonino cauo*, wo seine Frau gleichsam eine wuthschnaubende *leaena* in ihrem Käfig wohnt, vgl. zur Situation Ter. Phorm. V 1, 14 *concede hinc a foribus paulum istorsum sodes. Quid has metuis foris? Conclusam hic habeo uxorem saeuam*.
162. *esses*, du würdest sein (wenn du in den Fall kämest), dagegen Mil. IV 3, 19 *ad equas fuisti scitus admissarius* 'du wärest gewesen'. Aehnlich Curcul. I 2, 17 *canem esse hanc quidem magis par fuit: sagax nasum ha*-

ME. Séd quid ais? PE. Egone? id enim quod tu uis, id aio atque
   id nego.
ME. Écquid tu de odóre possis, si quid forte olféceris,   165
Fácere coniectúram? PE. Captum si siet collégium,
Cuo .. s .. ata . . . .
ME. Áge dum, odorare hánc quam ego habeo pállam: quid
   olet? ápstines?
PE. Súmmum oportet ólfactare uéstimentum múliebre:
Nam éx istoc locó spurcatur násum odore inlútili.   170
ME. Ólfacta igitur hinc, Penicule: ut lépide fastidis. PE. Licet.
ME. Quid igitur? quid olét? responde. PE. Fúrtum, scortum,
   prándium.
Tibi   *   *   *   *   *   *   \
ME. Élocutu's   *   *   *   *   *
Núnc ad amicam déferetur hánc meretricem Erótium.   175
Mihi, tibi atque illí iubebo iam ádparari prándium:
Índe usque ad diúrnam stellam crástinam potábimus.
PE. Eú, expedite fábulatu's. iám ferio foris? ME. Feri,
Vél mane etiam. PE. Mílle passum cómmoratu's cántharum.
ME. Plácide pulta. PE. Métuis credo, né fores Samiaé sient. 180

bet. —·agitator, die Wettfahrer in
den circensischen Spielen sahen
sich fleissig nach denen um, die
ihnen zunächst folgten, um sie
nicht vorzulassen.
164. *sed quid ais?* über den conventionellen Sinn dieser Frage s.
zu Trin. 193, hier aber hält sich
der Parasit an den Wortlaut wie
141. — *egone?* der nach einer directen oder indirecten Frage oder
Fragende wartet die Antwort
nicht ab, sondern spricht sofort
weiter, Rud. IV 8, 8. Ter. Heaut.
III 3, 47.
166 f. Die Antwort des Peniculus ist in den Palatinischen
Handschriften nur unvollständig
erhalten, in A hat ein Vers mehr
gestanden, von dem aber nur die
oben angegebenen Buchstaben lesbar waren. Sinn: und wenn du
ein Collegium (wie das der Auguru)
befragt hättest, würde es keinen
andern Schluss (*coniecturam*) ziehen als ich.
168. Menächmus hält ihm den
Mantel vor die Nase. — *apstines*
sc. *nasum*, 'du fährst zurück'?
169. *summum* 'nur die Ober-
oder Aussenseite'.

170. *istoc* i. e. *infimo*. — *nasum*,
bei Plautus stets als Neutrum,
vgl. zu Trin. 1014. — *odor inlutilis*, Pestgeruch, eigtl. der durch
keine Wäsche wieder herausgebracht werden kann.
171. *hinc* = *ex istoc loco* 170.
173 f. Auch von diesen beiden
nur in A vorhanden en Versen sind
nur die Anfänge noch lesbar.
177. *diurna stella*, der den Tag
ankündigende Lucifer (φωσφόρος),
wie der *Hesperus* (*Nocturnus*
Amph. I 1, 116) bei Catull 62, 7
Noctifer heisst.
178. *expedite* 'grade heraus,
ohne Umschweife'; der Ausdruck
verräth wie im Folg. *mille passum*
das Bemühen des Parasiten, sich
künstlich zu der schwungvollen
Stimmung des Menächmus hinaufzuschrauben.
179. *uel mane etiam* 'oder warte
lieber noch' (wie Pseud. I 1, 29
lege uel tabellas redde) sagt er
bloss, um den Ungeduldigen noch
etwas zappeln zu lassen; *etiam*
wie 160. — *mille passum* (*passuum*),
s. zu Trin. 425.
180. *Samiae* 'von Ton', zu Capt.
288. — *credo, δοκεῖς.*

ME. Máne mane, obsecro hércle: eapse eccam éxit. ah, sulém
uides
Sátin ut occaecátust prae huius córporis candóribus?

EROTIVM. PENICVLVS. MENAECHMVS I.

ER. Ánime mei, Menaéchme, salue. PE. Quid ego? Er. Extra
numerum és mihi.
PE. Ídem istuc aliis ádscriptiuis fíeri ad legioném solet.
ME. Égo isti ac mihi hodie ádparari iússim apud te proélium. 185
ER. Hódie id fiet. ME. Ín eo uterque proélio potábimus.
Vter ibi melióг bellator érit inuentus cántharo,
Túos est: legito ac iúdicato, cúm utrone hanc noctém sies.
Vt ego uxorem, méa uoluptas, úbi te aspicio, odí male.
ER. Ínterim nequis quin eius áliquid indutús sies. 190
Quid hoc est? ME. Induuiaé tuae atque uxóris exuuiaé, rosa.
ER. Súperas facile, ut súperior sis mihi quam quisquam qui
ímpetrant.
PE. Méretrix tantispér blanditur, dúm illud quod rapiát uidet,
* * * * * * * *

181. *eapse* i. e. *ea ipsa*, zu Trin.
800. — *eccam*, zu Capt. 1001. —
solem uides s. u. o. d. i. satisne
(=*nonne* Trin. 925) *uides ut solet* etc.
182. *candor* ist die mit Licht-
glanz verbundene Weisse.
183. *extra numerum* d. i. du bist
überzählig, für mich eine Neben-
person. Aehnlich begrüsst Poen.
I 2, 117 Agarastocles erst zwei
Schwestern: *primum prima salua
sis et secunda tu secunda salue in
pretio* und dann deren Zofe: *tertia
salue extra pretium*, worauf diese
antwortet: *tum pol ego oleum et
operam perdidi.*
184. Peniculus nimmt um des be-
vorstehenden Tafelgenusses willen die verletzende Bemerkung der
Erotium mit guter Miene hin und
geht mit einem Scherz darüber hin-
weg. Ritschl nimmt vor diesem
Verse eine Lücke von etwa zwei
Versen an, in denen der Parasit
sich über die übermüthige Behandlung der Erotium beklagt
habe, so dass dieser Vers eine
Entschuldigung derselben ent-
hielte, wogegen aber der Gebrauch

von *istuc* (s. zu Trin. 873) spricht.
— *adscriptiui*, Ueberzählige, Varro
L. L. VII § 56 *adscriptiui dicti
qui olim adscribebantur inermes,
armatis militibus qui succederent,
si quis eorum deperisset.*
185. *isti ac*, diese Verbesserung
des Acidalius für *istic* verlangt
schon das sonst beziehungslose
uterque 186. — *iussim* wie *ausim*,
häufiger in der 2. und 3. Person
wie *faxis dixis duxis excussit,* s.
zu Trin. 221. — *proelium* im Sinne
von *prandium* wie Pers. I 3, 32
*sed quid cessamus proelium com-
mittere?* wo wir ähnlich unser
einhauen brauchen, s. auch zu
139.
190. *interim* adversativ wie 'in-
dessen, *cependant*'. Erotium geht
darauf aus ihm die *palla* abzu-
schwatzen.
192. *superas* i. e. *obtines.* — *im-
petrant* sc. *ut me fruantur*, decen-
ter Ausdruck wie *cum aliquo esse*
188. Mit diesem ist eine Lieb-
kosung verbunden, daher im folg.
blanditur.
193. Nach dieser abseits ge-

Nám si amabas, iám oportebat násum abreptum mórdicus. 105
ME. Sústine hoc, Penicule: exuuias fácere quas uoui uolo.
PE. Cédo, sed obsecro hércle, salta síc cum palla póstea.
ME. Égo saltabo? sánus hercle nón es. PE. Egone an tú magis?
Sí non saltas, éxue igitur. ME. Nímio ego hanc pericúlo
Súrrupui hodie, meó quidem animo ab Hippolyta subcingulum 200
Hércules haud aéque magno umquam ábstulit perículo.
Cápe tibi hanc: quando úna uiuis meis morigera móribus.
ER. Hóc animo decét animatos ésse amatorés probos.
PE. Quí quidem ad mendícitatem sé properent detrúdere.
ME. Quáttuor minis ego istanc émi anno uxori meae. 205
PE. Quáttuor minaé perierunt pláne, ut ratio rédditur.
ME. Scín quid uolo ego te áccurare? ER. Cédo, curabo quaé uoles.
ME. Iúbe igitur tribus nóbis apud te prándium accurárier,
Átque aliquid scitámentorum dé foro obsonárier:
Glándionidám suillam aut láridum pernónidem 210
Aút sincipitaménta porcina aút aliquid ad eúm modum,

sprochenen Bemerkung des Parasiten ist ein Vers ausgefallen, der den Anfang der an Erotium gerichteten Rede desselben enthielt.
196. *sustine*, halt einmal, *hoc*, mein Pallium, s. 149. — *uoui*, als wenn er die *palla* wie ein auserlesenes Stück Kriegsbeute einer Gottheit widmen und an einem heiligen Orte aufhängen wollte.
197. *postea*, wenn du das *pallium* ausgezogen hast. Da die Tänzer auf der Bühne mit der *palla* geschmückt erschienen, so will der Parasit auch den Menächmus seinem Costüm entsprechend tanzen sehen, s. 510.
199. Er zieht den Frauenmantel aus.
200. Diod. Sic. IV 16 'Ηρακλῆς δὲ λαβὼν πρόσταγμα (vom Eurystheus) τὸν Ἱππολύτης τῆς Ἀμαζόνος ἐνεγκεῖν ζωστῆρα, τὴν ἐπὶ τὰς Ἀμαζόνας στρατείαν ἐποιήσατο.
201. *umquam*, phraseologische Zuthat der Umgangssprache, vgl. zu 1012.
203. In diesen Worten liegt nicht allein der Dank der Erotium, sondern auch gegenüber der Selbstverherrlichung des Menächmus eine feine Andeutung, dass er eben nur seine Schuldigkeit gethan habe.

204. *qui quidem*, wenigstens solche die u. s. w.
205. *istanc* nicht *hanc*, weil sie schon in den Händen der Erotium ist. — *anno*, vor einem Jahre, so noch Amph. prol. 91 *etiam histriones anno quom in proscenio hic Iouem inuocarunt, uenit*.
206. Seitenbemerkung.
207. Für das nur durch eine sehr gezwungene Erklärung haltbare *scio* der Bücher habe ich *cedo* geschrieben.
208. Das *prandium*, hier ein feines *déjeûner dinatoire* und wenigstens zum Theil aus warmen Speisen bestehend, entspricht der von Peniculus 98 ff. gegebenen Schilderung der Gourmandise des Menächmus.
210. *glandionidam* (*glandium*, s. zu Capt. 911) und *pernonidem* (*perna*), kecke Patronymicalbildungen von latein. Wortstämmen mit griech. Suffixen. Da übrigens die hier genannten leckeren Gerichte (*scitamenta*) solche sind, deren Verbote in den Verordnungen der Censoren gegen den Tafelluxus am meisten vorkommen, s. Plin. H. N. VIII 51. 57. XXXVI 1. 2, so ist es nicht unwahrscheinlich, hier eine Beziehung auf diese Verbote anzunehmen.

Mádida quae anteposita in mensa mihi bulimam súggerant.
Átque actutum. ER. Lícet ecastor. ME. Nós prodimus ád forum:
Iam hic nos erimus. dúm coquetur, ínterim potábimus.
ER. Quándo uis, uení: parata rés erit. ME. Properá modo. 215
Séquere tu. PE. Ego hércle uero te ét seruabo et té sequar,
Néque hodie, ut te pérdam, meream deórum diuitiás mihi.
ER. Éuocate intús Culindrum mihi coquom actutúm foras.

EROTIVM. CYLINDRVS.

ER. Spórtulam cape átque argentum. éccos tris nummós habes.
CY. Hábeo. ER. Abi atque obsónium adfer. tribus uide quod sít
satis: 220
Néque defiat néque supersit. CY. Quoius modi i hominés erunt?
ER. Égo et Menaechmus ét parasitus éius. CY. Iam isti súnt decem.

212. *madidus*, weich, gar, vgl. *madebunt* 326. — *miluina*, 'Geierhunger' wo wir 'Wolfshunger'. Da jedoch in A *muluinam* steht und sonst nichts von *miluina* mit Ellipse von *fames* zu lesen ist, so hat Ritschl (nach Bernays) mit Benutzung der Glosse bei Paul. Fest. p. 32 '*Bulimam Graeci magnam famem dicunt*' geschrieben: *quae anteposita in mensa mihi bulimam sugg.*
214. *iam* 'gleich' wie 145. 225. 325. Capt. 454. Trin. 248. Dagegen *continuo hic ero* Epid. III 3, 42 mit ähnlicher Wendung in anderem Sinne: unmittelbar darauf (wenn mein Geschäft gethan ist). — *interim*, wie oft bei Plautus von einer Dauer der Handlung, wo die gebildete Schriftsprache *interea* setzt.
216. *tu*, Hiatus beim Personenwechsel wie 150. 299. Ueber *seruare s.* R. Klotz zu Andr. I 3, 7.
217. *hodie*: was Donat zu Ter. Adel. II 2, 7 bemerkt: *hodie non tempus significat, sed iracundam eloquentiam ac stomachum*, hat besondere Wahrheit für solche Sätze, die eine Drohung, Anwünschung oder Betheuerung enthalten, wo *hodie* mit einer gewissen bissigen

Schärfe hinzugesetzt wird wie *numquam* 1012, s. Ter. Andr. I 2, 25. Men. 659. 1018. Truc. V 34 *mortuom hercle me hodie satiust*. Pers. II 2, 37.

218. *euocate*, zu den Sclaven vor dem Hause; *intus, ex aedibus*, ἔνδοθεν. Amph. II 2, 138 *intus pateram proferto foras.— coquom*: *'serui ut culinariam artem exercerent, id sub Macedonum demum imperio institutum esse disertim* Athen. XIV p. 658 *annotauit. Antea coqui apud Athenienses libera utebantur conditione habebantque stationem suam in foro, ubi pacta mercede eos conducebant quisquis eorum opera in conuiuio apparando uti uellet'.* Meineke. Ebenso war in Rom erst seit dem Kriege mit Antiochus (191 v. Chr.) mit dem steigenden Luxus der Koch eine unentbehrliche Person in einem wohlhabenden Hausstande geworden, und dass sich auch Erotium einen eigenen Koch hält, ist, wie ihr ganzes Auftreten, ein Beweis, dass sie zur Creme der Demimonde gehörte.

219. *nummos*, s. zu Trin. 844.
221. *i* für *ei* und das spätere *ii*, s. zu Trin. 17.

1 4 5—7. 2 1 1—13   MENAECHMI.   27

Nám parasitus ócto homonum múnus facile fúngitur.
ER. Élocuta súm conuiuas: céterum cura. CY. Ílicet.
Cócta sunt: iube íre accubitum. ER. Rédi cito. CY. Iam ego
    hic ero.   225

ACTVS II.

MENAECHMVS II. MESSENIO.

ME. Volúptas nullast náuitis, Messénio,
Maiór meo animo, quám quando ex altó procul
Terrám conspiciunt. MES. Máior, non dicám dolo,
Si aduéniens terram uídeas, quae fuerít tua.
Sed quaéso, quàmobrem nùnc Epidamnum uénimus?   230
An quási mare omnis circumimus ínsulas?
ME. Fratrém quaesitum géminum germanúm meum.
MES. Nam quid modi futúrumst illum quaérere?
Hic ánnus sextust, póstquam ei rei operàm damus.
Histrós, Hispanos, Mássiliensis, Ilílurios,   235
Maré superum omne Graéciamque exóticam
Orásque Italicas ómnis, qua adgreditúr mare,
Sumus circumuecti. sei acum, credo, quaéreres,

223. *homonum*, s. zu 82., *fungitur* mit dem Accus., s. zu Trin. 1.
224. *Ilicet*, geh nur, *cocta sunt*, Alles ist so gut wie fertig. Aehnlich Pseud. III 2, 101 *Quin tu is accubitum? ei, conuiuas cedo: conrumpitur iam cena*, wo ebenfalls die Anstalten zur *cena* erst noch getroffen werden sollen.
225. Sie gehen beide ab, der Koch auf den Markt, Erotium ins Haus.
226. Menächmus II und Messenio kommen mit Matrosen und Gepäck vom Hafen her.
228. *maior sc. tamen est uoluptas. — non dolo*, s. zu Trin. 90.
229. *quae fuerit tua*, also *patria*.
231. *In circumire* wird *um* nicht elidiert, s. Curc. III 81. Asin. III 1, 152. Rud. I 2, 59. Truc. II 4, 56. Ter. Phorm. 614, vgl. *circumagi* Hor. Sat. I 9, 17; wo elidiert wird, ist *circum ire* (wie *intro ire*, s.

Einl. Trin. S. 19) getrennt zu schreiben wie Pseud. III 2, 109, so *circum specto* Bacch. II 3, 45, *circum agitur* Lucr. IV 340, *circum tribus actis annis* id. V 883, *circum dea fudit* Verg. Aen. I 412, *dare brachia circum* id. VI 700.
233. Namquid sehr häufig für *quidnam. — quaerere* nach *modi* in der Volkssprache für *quaerendi* oder richtiger *quaerendo*, vgl. Asin. V 2, 32 *quid modi, pater, amplexando facies?* Merc. III 4, 67, s. zu Capt. 421.
235. *Histros*, die Aspiration findet sich in den guten Handschriften des Plautus und Vergil; *Hilurios*, s. zu Trin. 852 und Corssen Aussprache I 51.
236. *superum mare*, das Adriatische Meer; *exotica*, das fremde Griechenland ist vom Standpunkt des griechischen Dichters Bezeichnung für *Graecia magna*.

Acum inuenisses, sei appareret, iam diu.
Hominem ínter uiuos quaéritamus mórtuom: 240
Nam inuénissemus iám diu, sei uluéret.
ME. Ergo istuc quaero cértum qui faciát mihi,
Quei sése deicat scire, eum esse cmórtuom:
Operám praeterea númquam sumam quaérere.
Verum áliter uiuos númquam desistam éxsequi: 245
Ego illum scio quam cárus sit cordí meo.
MES. In scirpo nodum quaéris, quin nos hinc domum
Redimus, nisi si históriam scripturí sumus?
ME. Dictum *haú* facessas dóctum, si caueás malo.
Moléstus ne sis: nón tuo hoc fiét modo. 250
MES. Em, illoc enim uerbo ésse me seruóm scio:
Non pótuit paucis plúra plane próloqui.
Verúm tamen nequeo cóntineri quin loquar.
Audin, Menaechme? quom inspicio marsúppium,
Viáticati hercle ádmodum aestiué sumus. 255
Ne tu hércle, opinor, nísi domum reuórteris,
Vbi nil habebis, géminum dum quaerís, gemes.
Nam itást haec hominum nátio: in Epidámnieis

239. *si appareret*, wenn sie überhaupt zu sehen wäre.
242. *istuc* gehört zu *faciat*, der folgende Vers legt den Inhalt des *istuc* auseinander, wie dies die sich bequem gehenlassende Umgangssprache liebt, vgl. die Wiederholungen derselben Begriffe in anderer Form: Truc. I 1, 2 *non omnis aetas ad perdiscendum sat est amanti, dum id perdiscat, quot pereat modis*; ib. 37 *damna, quom perdimus*, Men. 990.
244. *praeterea*, darüber hinaus, weiter, vgl. Most. 1, 1, 72 *ne tu erres, non mihi praeterhac facies moram* und Men. 722.
245. *aliter* i.e. *nisi de morte eius constiterit*; zu *exsequi* denke *eum* wie vorher zu *quaerere*.
246. *ego illum scio* (denn nur ich weiss) *quamcarus sit* Anticipation für *ego scio quam ille carus sit*, s. zu Trin. 373.
247. *in scirpo*, Sprichwort: wer Nichtvorhandenes sucht, macht sich überflüssige und unnütze Mühe. Ter. Andr. V 4, 38.
248. *historia* nach griech.Sprachgebrauch 'Reisebeschreibung'.
249. Dieselbe Satzform Capt.

628 *meam rem non cures, si recte facias*; über *dictum doctum* s. zu Trin. 380. Aehnlich im Gedanken Most. 60 *orationis operam conpendi face, nisi te mala re mayna mactari cupis*; mit *malum* und *mala res* sind immer Schläge gemeint.
250. *tuo modo*, nach deinem Kopfe. Pers. III 1, 31 *meo modo istuc potius fiet quam tuo*. Ter. Andr. I 1, 126 *sine nunc meo me uiuere interea modo*.
251. *em* (s. zu Trin. 3) nicht zu elidieren; *illoc*, das V. 248 Gesagte; *enim=enimuero*, s. zu Capt. 565.
255. *aestiue uiaticati*, 'sommerlich mit Reisemitteln ausgestattet', wie wir 'sommerlich gekleidet' sagen.
256. *ne tu hercle*, häufige Partikelverbindung, wie *ne tu edepol* und *ne tu ecastor*, s. 623, 636. Most. 75. Trin. 62. Mil. 408. 571. Asin. II 4, 3. 6. III 1, 30. III 2, 14. III 3, 13. Pers. 8. Stich. 272. Amph. I 1, 28.
257. *ubi nil habebis*, wenn du Alles ausgegeben hast. — *geminum gemes*, Paronomasie.

Voluptárii atque pótatores máxumei:
Tum súcophantae et pálpatores plúrumei 260
In úrbe hac habitant: túm meretrices múlieres
Nusquám perhibentur blándiores géntium.
Proptérea huic urbi nómen Epidamno índitumst,
Quia némo ferme síne damno huc deuórtitur.
ME. Ego istúc cauebo. cédo dum huc mihi marsúppium. 265
MES. Quid eó uis? ME. Iam aps te métuo de uerbís tuis.
MES. Quid métuis? ME. Ne mihi dámnum in Epidamnó duas.
Tu mágnus amator múlierum es, Messénio,
Ego aútem homo iracúndus, animi pérditi:
Id utrúmque, argentum quándo habebo, cáuero, 270
Ne tú delinquas néue ego irascár tibi.
MES. Cape átque serua: mé lubente féceris.

CYLINDRVS. MENAECHMVS II. MESSENIO.

CY. Bene ópsonaui atque éx mea senténtia:
Bonum ánteponam prándium pransóribus.
Sed eccúm Menaechmum uídeo. uae tergó meo: 275
Prius iám conuiuae ámbulant ante óstium,
Quam ego ópsonatu rédeo. adibo atque ádloquar.
Menaéchme, salue. ME. Dí te amabunt, quisquis *es*.
* * * * quis ego sum?
MES. Novi hércle uero. CY. Vbi conuiuae céteri? 280

260. *sucophantae*, Gauner.
264. Sklavenwitz (vgl. 267), den die Klangähnlichkeit nahe legte. Der griech. Name *Epidamnum* hängt wohl mit ἐπιδάμνημι zusammen.
266. Zu *eo* (s. zu Trin. 157) ergänze *facere*; über *de s.* zu 934.
267. *duas*, s. zu Trin. 102.
268. *tu mágnus amátor* bietet dieselbe metrische Form am Anfange des Senars wie *si própter amórem* Ter. Andr. I 1, 128, vgl. Mil. IV 7, 1. Merc. IV 4, 40. Ter. Adel. III 3, 32.
269. *perditi*, es ist wohl mit Lipsius *perciti* 'hitzig, reizbar' zu lesen, worauf auch die von Taubmann (Gruter) angeführte erste Hand in B *perdici* zu führen scheint, da *perditus* stets nur entweder finanziell (344) oder körperlich oder moralisch ruiniert bedeutet, vgl. Cic. Mil. 23, 63 *siue enim illud animo irato ac percito fecisset.* Liv. XXI 53 *ingenium percitum ac ferox.*
270. *id utrumque*, nach der Regel sollen Pronomina bei *uterque* im Genetiv stehen, aber eine ziemliche Anzahl dagegen sprechender Beispiele theilt C. F. W. Müller Neue Jahrb. für Phil. u. Päd. 1865 S. 560 f. mit. So auch *uter eratis* 1121.
275. *uae tergo meo*, er fürchtet Schläge.
278. *di te amabunt*, den Gruss erwiedernde Dankformel, s. zu Trin. 384.
279. Der volle Vers möchte ungefähr lauten: *sed qui me ignotum appellas nostin quis ego sum?*
280. *conuiuae ceteri*, der Koch will witzig fragen, da er nur den

ME. Quos tú conuiuas quaéris? CY. Parasitúm tuom.
ME. Meúm parasitum? cérto hic insanúst homo.
MES. Dixin tibi esse hic súcophantas plúrumos?
ME. Quem tú parasitum quaéris, adulescéns, meum?
CY. Penículum. ME. * * * ubi . . . . . meus? 285
MES. Peniculum tuom eccum in uídulo saluóm fero.
CY. Menaéchme, numero huc áduenis ad prándium:
Nunc ópsonatu rédeo. ME. Respondé mihi,
Aduléscens: quibus hic prétiis porci uaéneunt
Sacrés sinceri? CY. Númmis. ME. Nummum a me áccipe: 290
Iube té piari dé mea pecúnia.
Nam equidem *edepol* insanum ésse te certó scio,
Qui míhi molestu's hómini ignoto, quisquis es.
CY. Culíndrus ego sum: nón nosti nomén meum?
ME. Seu tú Culindru's seú Caliendrus, périeris. 295
Ego té non noui néque nouisse adeó uolo.
CY. Est tibi Menaechmo nómen: tantumst, quód sciam.
ME. Pro sáno loqueris, quóm me appellas nómine.
Sed úbi nouisti mé? CY. Vbi ego te nóuerim,
Qui amicam eram meam hábeas hanc Erótium? 300
ME. Neque hércle ego habeo néque te, qui homo sís, scio.
CY. Non scís quis ego sim, quí tibi saepíssume
Cyathisso apud nos, quándo potas? MES. Hei mihi,

Parasiten meint, diesen aber für acht Gäste rechnet (223). — Das von Ritschl nach *ubi* eingesetzte *sunt* entspricht zwar dem überwiegenden Gebrauche der Komiker, doch findet sich auch die Ellipse Asin. I 3, 44 *ubi illaec quae dedi ante?* vgl. 532. Ter. Eun. IV 7, 10 *ubi alii?* Andr. III 1, 19 *num inmemores discipuli?* s. R. Klotz zu Andr. 631. 637.

285. Die nur in A noch in Buchstabenresten erhaltene Frage des Menächmus muss den Sinn gehabt haben: Was ist das für ein Peniculus und wo ist er denn?

287. *numero* 'zu früh, zu zeitig', s. Fest. p. 170. Non. p. 352.

289. Das Schwein war bei den Griechen und Römern das allgemeine Sühnungsopfer, namentlich wurde es bei Wahnsinn, der als Strafe der Götter angesehen ward, dargebracht, um davon befreit zu werden. So fragt Menächmus hier: wie theuer sind denn hier zu Lande die Schweine? denn es scheint bei dir im Oberstübchen nicht richtig zu sein, so dass du wohl ein Opfer darbringen möchtest. — *sacres* heissen die *porci* als Opferschweine (auch Rud. IV 6, 4) und ist dies die besondere sacrale Form für *sacri*, wie man z. B. auch *impetrire* im sacralen Gebrauch für *impetrare* sagte; *sinceri*=*puri* waren sie zum Opfer, wenn sie mindestens zwei Monate alt waren, weil sie dann erst zu säugen aufhören, s. Varro rust. II 1, 20.

293. *ignoto*, der hier zu Lande fremd ist, wie 495 *hic* auch dabei steht.

297. *tantum est quod sciam* steht auch Merc. III 4, 57 (642) und zwar an beiden Stellen ohne *est* in den Büchern, was jedoch der Sprachgebrauch des Plautus verlangt.

299. *me*, Hiatus wie 217.

303. *cyathisso, κυαθίζω* wie *patrisso πατρίζω*, s. zu Trin. 425.

Quom nihil est, qui illic hómini dimminuám caput.
ME. Tun cýathissare mihi soles, qui ante húnc diem 305
Epidámnum numquam uídi neque ueni? CY. Negas?
ME. Nego hércle uero. CY. Nón tu in illisce aédibus
Habitás? ME. Qui di illos, qui illic habitant, pérduint.
CY. Insánit hic quidem, qui ipse male dicit sibi.
Audin, Menaechme? ME. Quid uis? CY. Si me cónsulas, 310
Nummum illum quem mihi dúdum pollicitús dare,
lubeás, si sapias, pórculum adferrí tibi.
Nam tú quidem hercle cérto non sanú's satis,
Menaéchme, qui nunc ipsus male dicás tibi.
ME. Heu, hércle homonem múltum et odiosúm mihi. 315
CY. Solét iocari saépe mecum illóc modo.
Quam uís ridiculus ést, ubi uxor nón adest.
Quid aís tu? ME. Quid uis, néquam? CY. Satin hoc, quód uides,
Tribus vóbis opsonátumst án opsono ámplius,
Tibi ét parasito et múlieri? ME. Quas múlieres, 320
Quos tú parasitos lóquere? MES. Quod te urgét scelus,
Qui huic sis molestus? CY. Quid tibi mecúmst rei?
Ego té non noui: cum hóc, quem noui, fábulor.
ME. Non édepol tu homo sánus es, certó scio.
CY. Iam ego haéc madebunt fáxo: nil morábitur. 325
Proin tú ne quo abeas lóngius ab aédibus.
Numquíd uis? ME. Vt eas máxumam malám crucem.

304. *nihil*, bestimmter Most. I
3, 109 *nimis uelim lapidem, qui
ego illi speculo dimminuam caput*;
vgl. Ter. Andr. 622 *Ei mihi, quom
non habeo spatium, ut de te sumam
supplicium*, ib. 606 *utinam mihi
esset aliquid hicquo nunc me prae-
cipitem darem*. — *illic = illice* wie
828. 842, so *istic = istice* 1013. —
dimminuam mit Assimilation des
s in *dis* stets bei den Komikern in
diesem Worte.
308. *qui* ist Verwünschungspar-
tikel, s. zu Trin. 923.
309. Seitenbemerkung.
311. *nummum illum quem* At-
traction für *nummo illo quem*, s.
zu Trin. 137. 985. Capt. prol. 1.
— *dudum*, vor einer Weile, s. zu
Trin. 923.
315. *multus*, Schwätzer.
316. Die Rede ist an die Zuschauer gerichtet.
317. *quamuis*, s. zu Trin. 380,
ridiculus, Freund von Spässen, s.
zu Capt. 474.

318. *quid ais tu?* s. zu Trin. 193.
319. *án ὄψονο*, über die Prosodie s. Einl. Trin. S. 14.
320. *quas mulieres* etc., vgl.
Curc. IV 3, 14 *quos tu mihi luscos
libertos, quos Summanos somnias?*
321. *scelus*, s. zu Capt. 758.
325. *iam* wie 214. — *madebunt*,
s. zu 212; *madebunt faxo*, Para-
taxis, s. zu Trin. 62.
326. *longius*: 'dass das Com-
parativsuffix -*ior*, -*ius* einst -*iōs*,
iōs lautete, griech. -*ιων*, ·*ιον*, ist
schon oben aus den Formen
maiosibus, *meliosem* nachgewiesen; auch die neutrale Nominativform muss ursprünglich
einen langen Vocal gehabt haben,
da das *o* in den obliquen Casus
lang ist. Also ist *ō* zu *ŭ* ge-
schwächt vor folgendem *s* in *ma-
ius*, *melius*, *peius*, *minus* u. a.'
Corssen Aussprache I 240.
327. *crucem*, über den blossen
Accusativ s. zu Capt. 466.

CY. Te ire hércle meliust íntro iam atque accúmbere,
Dum ego baéc appono ad Vólcani uioléntiam.
Ibo íntro et dicam te híc adstare Erótio, 330
Vt te hinc abducat pótius quam hic adstés foris.
ME. Iamne ábiit? abiit. édepol haud mendácia
Tua uérba experior ésse. MES. Obscruató modo:
Nam istíc meretricem crédo habitare múlierem,
Vt quídem ille insanus díxit, qui hinc abiit modo. 335
ME. Sed miror, qui ille nóuerit nomén meum.
MES. Minume hércle mirum: mórem hunc meretricés habent:
Ad pórtum mittunt séruolos, ancíllulas:

---

328. *te ire*, mit boshaftem Doppelsinn, da man zuerst *in maxumam malam crucem* hinzudenkt, bis durch *intro* eine andere Wendung gegeben wird, ähnlich Capt. 864.
329. *haec*, die eingekauften Sachen. Der Ausdruck *ad Volcani uiolentiam* geht ebenso wie *nauales pedes* 349 über den Horizont der Komödie hinaus, so dass O. Ribbeck beides aus einer Tragödie geschöpft glaubt, s. zu 102.
331. *potius quam adstes*, s. zu Capt. 684.
337. *mirum*, nicht *mirum est*. Während nämlich die plautinische Umgangssprache in den Ausdrücken *certum est, par est, aequom est, opus est, usus est, melius est, satius est, negotium est* u. ähnl. das Hilfsverb niemals weglässt, pflegen die Formeln, welche mehr einem Ausrufe gleichen als einen vollen Satz darstellen, wie *facete dictum* Capt. 172. Ter. Eun. II 2, 57, *emptum* Capt. 175, *nimium bonae rei* Stich. II 2, 55, *nimis factum bene* ib. 51, *scitum istuc* Bacch. II 2, 31, *tua factum opera* Pers. V 1, 21 in der Regel ohne *est* zu stehen. Namentlich ist dies bei *mirum* der Fall, und zwar in allen Verwendungen, wie *mirum ni, mirum quin, mirum quid* Amph. III 2, 73, *mirum si* Truc. II 2, 50 (dagegen im vollen Satze *mirum minus mirandumst si* Bacch. III 3, 6, *nisi mirumst* Pseud. IV 7, 115, *mira sunt ni* Bacch. III 3, 46. Amph. I 1, 127), *minume mi-*
rum Ter. Heaut. II 3, 4, *non edepol mirum* Hec. I 2, 85, *minumeque adeo mirum* ib. II 1, 23. Vgl: οὐδὲν θαυμαστόν, τί θαυμαστόν; und unser: was Wunder? kein Wunder. Ja bei Vergleichung mit Mil. IV 2, 65 *hercle odiosas res*. Pseud. I 5, 104 *edepol mortalem graphicum*, Stich. II 2. 55 *hercle rem gestam bene*, Men. 872 *morbum hercle acutum*. Epid. I 1, 71 *edepol res turbulentas*, Poen. III 2, 26 *edepol mortales malos* überzeugt man sich, dass nicht nur *hercle praesens somnium* Mil. II 4, 41, sondern auch *minume hercle mirum*, *non edepol mirum* als Accusative zu verstehen sind, so dass *est* gar nicht hinzugesetzt werden konnte. Und hiermit trifft denn auch der Gebrauch Ciceros zusammen, der ja in den ohne *est* stehenden Formeln *nec mirum, minume mirum* (de orat. II 13, 55) anerkannter Massen auf dem Boden volksthümlicher Kürze steht. Endlich geben auch Sätze wie *nihil hoc confidentius* Men. 618, *nihil hoc homine audacius* 627, *nihil hac docta doctius* Most. I 3, 122, *nil prius neque fortius* Ter. Eun. I 1, 5 durch die regelmässige Auslassung des *est* zur Genüge die Natur des Ausrufes kund, desgl. die interrogative Fassung derselben Sätze: *quid illac impudenti audacius?* Amph. II 2, 186, *quid peius muliere atque audacius?* Mil. II 3, 36.
338. *ancillulas*, s. zu Trin. 799.

Si quaé peregrina náuis in portum áduenit,
Rogitánt quoiatis sít, quid ei nomén siet: 340
Postílla extemplo se ádplicant, adglútinant:
Si péllexerunt, pérditum amittúnt domum.
Nunc ín istoc portu stát nauis praedatória,
Aps quá cauendum nóbis sane cénseo.
ME. Monés quidem hercle récte. MES. Tum demúm sciam 345
Recté monuisse, sí tu recte cáueris.
ME. Tace dúm parumper: nám concrepuit óstium.
Videámus, qui hinc egréditur. MES. Hoc ponam ínterim.
Adséruatote haec súltis, naualés pedes.

EROTIVM. MENAECHMVS II. MESSENIO.

ER. Sine fóris sic: abi, nolo óperiri: 350
Intús para, curá: uide,
Quod opúst, fiat. sternite lectos,
Incéndite odores: múnditia
Inlécebra animost amántium.
Amánti amoenitás malost, nobís lucrost. 355
Sed ubi íllest, quem coquos ánte aedis ait ésse? atque eccum uídeo.

---

339. *peregr. nauis* zunächst im eigentlichen Sinne, im Folg. aber (*quoiatis* und *ei*) schiebt sich unvermerkt der Begriff 'ein Fremder' unter, wie 343 unter *nauis praedatoria* 'Pirat' (vgl. 440) die Erotium, unter *in istoc portu* deren Haus verstanden wird.
340. *quid nomen*, s. zu Trin. 889.
342. *perditum*, s. zu 269.
343. *nauis*, einsilbig durch Synizese wie im Griech. ναῦς, s. Einl. Trin. S. 19; weil aber diese Synizese nur in wenigen, zum Theil unsicheren Beispielen vorkommt, schreibt Geppert *est* für *stat*.
348. *hoc*, das Gepäck, von dem er ein einzelnes leichteres und werthvolleres Stück trug, während die Träger die übrigen Stücke (*haec*) hatten.
349. *sultis* = *si uultis*, s. zu Capt. 453. — *naualespedes*, scherzhafte Bezeichnung der Ruderleute, die später noch 433 mit *istos* bezeichnet und 442 mit *sequimini* angeredet werden.

350. Ein kleines iambisch-anapästisches Canticum bis 867. — Nachdem der Koch (s. 330. 366) der Erotium gesagt hat, dass Menächmus vor der Thüre sei, erscheint diese mit einer begleitenden Zofe, die sie aber alsbald wieder hineinsendet. — *sic* d. i. offen; *operiri*, dass die Thür geschlossen werde (wie dies in ähnlicher Situation Phronesium gebietet Truc. II 4, 35 *concedite hinc uos intro atque operite ostium*), da sie ja gleich mit Menächmus wieder ins Haus treten will.
351. Verbinde *uide fiat*.
352. *sternite* d. i. du und die anderen Mägde mögt die Polster und Kissen auf die Meubles aufbreiten, s. 122.
353. Die *munditia* (opp. *sordes*) herrscht, wo alles sauber und spiegelblank ist.
354. Der Proceleusmaticus (s. zu Trin. 806) scheint unantastbar, das iambische Metrum unzweifelhaft.
355. *malo* i. e. *damno*.

Qui mi ést usui et plurúmum prodest.
Item huic ultro fit, út meret, potissumus nostrae ut sit domi.
Nunc éum adibo: adloquar últro.
Animúle mi, mihi mirá uidentur   360
Te hic stáre foris, fores quoí pateant
Magis, quám domus tua, domus quom haéc tua sit.
Omné paratumst ut iússisti
Atque út uoluisti néque tibi
Vllá morast intus.   ·   365
Prandium, ut iussisti, hic cúratumst:
· Vbi lúbet, licet ire accúbitum.
ME. Quicum haec mulier lóquitur? ER. Equidem técum. ME. Quid
   mecúm tibi
Fúit umquam aut nunc ést negoti? ER. Quia pol te unum ex
   ómnibus
Vénus me uoluit mágnificare: néque id haud immerito tuo.   370
Nam écastor solús bene factis tuis me florentém facis.
ME. Cérto haec mulier aút insana aut ébriast, Messénio,
Quaé hominem ignotúm conpellet mé tam familiáriter.

357. Glatter als der ziemlich harte anapäst. Dimeter scheint der cret. cat. Tetrameter: *Quí mihist úsui et plúrumum pródest*, aber wie käme ein einzelner cretischer Vers unter lauter Jamben und Anapästen?

358. *potissumus* (nach vorennianischer Weise *potisumus* gesprochen wie *similumus* Asin. I 3, 88, *satelites* Trin. 833, worüber s. Fleckeisen misc. crit. S. 38), der Bevorzugteste, denn sie hat mehrere *amatores*, vgl. Ter. Phorm. III 2, 48 *mea lege utar, ut sit potior qui prior ad dandumst*. Hor. Sat. II 5, 76.

360. *mira uidentur* wie *mira sunt* Trin. 861.

366. 7. sind wohl nicht Dittographie zu 363—5, wie man bei dem ziemlich gleichen Inhalt beider Stellen leicht vermuthen möchte, sondern Erotium sagt absichtlich dasselbe noch einmal in den bestimmtesten und unzweideutigsten Ausdrücken, da sie bei der ersten mehr unbestimmt gehaltenen Ansprache kein Zeichen der Theilnahme an Menächmus wahrgenommen und kein Wort der Erwiederung erhalten hatte.

368. *Quicum*, zu Messenio.

370. *Venus*, sie spricht von Liebe, wo ihr Vortheil die Triebfeder war. — *neque .. haud*: da in *neque* die Kraft der Verneinung wegen der Verbindung mit der copulativen Partikel nicht selbständig und voll genug hervortritt, so pflegt die Volkssprache dem Verb eine zweite selbständige Verneinungspartikel beizugeben, so dass die zweite Verneinung die erste nicht aufhebt, sondern in kräftigerer Form wieder aufnimmt; zugleich sind beide Negationen stets durch einen dazwischen stehenden Begriff getrennt. Die übrigen Beispiele bei Pl. sind: Bacch. IV 9 114 *neque ego haud committam ut — dicas*. Epid. V 1, 57 *neque ille haud obiciet mihi pedibus sese prouocatum*. Pers. IV 3, 66 *neque mi haud inperito eueniet, tali ut in luto haeream*. Bacch. fragm. 26 *neque id haud subditiua gloria [oppidum] arbitror*. Bei Terenz findet sich dieser Gebrauch nur ein Mal: Andr. I 2, 34. Aehnlich Pl. Epid. IV 1, 6. Curcul. IV 4, 23. Mil. V 18. Men. 1029.

MES. Díxin ego istaec hic solere fieri? folia núnc cadunt,
Prae út si triduom hóc hic erimus: tum árbores in té cadent. 375
Nam ita sunt hic meretrices omnes élecebrae argentáriae.
Séd sine me dum hanc cómpellare. heus múlier, tibi dicó.
ER. Quid est?
MES. Vbi tu ístunc hominém nouisti? ER. Íbidem, ubi hic me
iám diu:
In Epidamno. MES. ín Epidamno? qui húc in hanc urbém pedem,
Nisi hodie, numquam íntro tetulit? ER. Héia, deliciás facis. 380
Mi Menaechme, quín amabo is intro? hic tibi erit réctius.
ME. Haéc quidem edepol récte appellat meó me mulier nómine.
Nimis miror, quid hoc sít negoti. MES. Óboluit marsúppium
Huic istuc, quod habés. ME. Atque edepol tú me monuisti probe.
Áccipe dum hoc: iam scibo, utrum haec me mäge amet an marsúppium. 385
ER. Eámus intro, ut prándeamus. ME. Béne uocas: tam grátiast.
ER. Cúr igitur me tibi iussisti cóquere dudum prándium?
ME. Égon te iussi cóquere? ER. Certo tibi et parasitó tuo.

374. *dixin*, s. 258 ff. 337 ff. —
folia nunc cadunt, dies ist nur der
Anfang, das dicke Ende (*arbores*)
kommt nach; jetzt schmeichelt sie
dir, um dir später dein Geld abzulocken.
375. *prae ut si* 'im Vergleich mit
dem, wie es sein wird, wenn'
u. s. w.; *tum cadent* ist nicht
Nachsatz zu *si erimus*, sondern
ein den Inhalt des *prae ut* erklärender selbständiger Satz, *prae ut*
aber steht stets mit dem vorigen
Satz eng verbunden, vgl. 935.
Merc. II 4, 2. Amph. I 1, 218. Mil.
I 1, 20. Bacch. V 9, 5. Ter. Eun.
II 3, 10. Aehnlich ist der Gebrauch
von *prae quam* Most. IV 2, 66. V 2,
25 und *prae quod* Stich. II 2, 38
*immo res omnis relictas habeo prae
quod tu uelis*.
376. Dies ist wohl die einzige
Stelle bei Plautus, wo ein begründender *ita*-Satz nichtasyndetisch,
sondern durch *nam* eingeleitet
wird.
378. *istunc* wie *istaec* 411.
380. *delicias facis*, treibst Scherz.
Cas. III 1, 14, stärker *ludos facere
aliquem* 404 und noch stärker *ludibrio habere aliquem* 395.
381. *rectius*, besser, bequemer,
vgl. 600 *ubi mihi bene sit*.

383. *quid hoc sit neg.* wie Capt.
694. Poen. V 4, 80.
385. *iam* wie 214.
386. *tam* als volksthümliche
Form für *tamen* Stich. I 1, 44 von
A bezeugt, thatsächlich noch in
tam etsi = tamen etsi und in der
Formel *tam gratiast* (worin *tam*
hier BCD, Pseud. II 4, 23 B, Stich.
III 2, 18 ABCD geben) vorliegend
wird anerkannt von Fest. p. 360:
*At antiqui tam etiam pro tamen
usi sunt* mit Belegstellen aus Naevius, Ennius und Titinius. Ausser der genannten Formel steht
tam = tamen noch Merc. IV 3, 32
(734) nach einer von Ritschl gebilligten Vermuthung Bothe's. Dagegen ist *tam gratiast* nach Ladewig 'durch eine begleitende Handbewegung zu erklären, wodurch
angezeigt wurde, wie sehr Jemand
für etwas danke'; den Uebergang
von *tamen* zu *tam* bestreitet überhaupt Corssen Krit. Beitr. S. 272ff.
387. *dudum* wie 311, vgl. 391.
388. *tibi*: zweisilbige iambische
oder mit *m* schliessende pyrrhichische Wörter in der Arsis können
mit dem folgenden Vocale
Hiatus bilden, s. die in der Einl.
Trin. S. 20 besprochene Stelle aus
Curc. I 3, 20 *sibi — honores.* so

3*

ME. Quoi malum parasito? certo haec múlier non sanást satis.
ER. Péniculo. ME. Quis istést Peniculus? qui éxtergentur
báxeae? 390
ER. Scílicet qui dúdum tecum uénit, quom pallám mihi
Détulisti, quám ab uxore tuá surrupuistí. ME. Quid est?
Tíbi pallam dedí, quam uxori meaé surrupui? sánan es?
Cérto haec canterino ritu múlier astans sómniat.
ER. Qui lubet ludíbrio habere me átque ire infitiás mihi 395
Fácta quae sunt? ME. Dic quid est id quód negem, quod fécerim?
ER. Pállam te hodie mihi dedisse uxóris. ME. Etiam núnc nego.
Égo quidem neque úmquam uxorem hábui neque habeó: neque huc
Úmquam, postquam nátus sum, intra pórtam penetraui pedem.
Prándi in naui: inde húc sum egressus eí te conueni. ER. Éc-
cere, 400
Périi misera. quám tu mihi nunc náuem narras? ME. Ligneam,
Saépe tritam, saépe fissam, saépe excusam málleo.
Quási supellex péllionist: pálus palo próxumust.
ER. Iám me, amabo, désine ludos fácere atque i hac mecúm semul.
ME. Néscio quem, múlier, alium hóminem, non me quaéritas. 405
ER. Nón ego te noui Menaechmum, Móscho prognatúm patre,
Qui Suracusis perhibere nátus esse in Sicilia,

méi — honoris Aul. III 4, 4, má-
num — arripuit Curc. V 1, 7 má-
num — iniciam Truc. IV 2, 52,
émam — opinor Pers. IV 4, 99,
iúbe — abire Most. II 1, 30, míhi
— obtinget Cas. II 4, 21.
389. 'malum interiectio est ira-
scentis' Calpurn. zu Ter. Heaut.
IV 3, 38, stets in Fragesätzen pa-
rentbetisch gebraucht ('Wetter,
Tausend') wie 793. Epid. V 2, 44.
394. Vgl. Capt. 844 hic uigilans
somniat. Die Annahme, dass Wal-
lache im Stehen träumen, gründete
sich wohl darauf, dass ihr Wesen
und Gebahren schläfriger und min-
der muthig ist als das der Hengste
und Stuten. Ueberhaupt aber schla-
fen die Pferde in der Regel stehend.
396. quod fecerim nicht in quom
zu ändern, sondern als nachträg-
liche Bestimmung des id zu fas-
sen = quod est id facinus quod
negem? so 1100 promeruisti ut ne-
quid ores, quod uelis, quin impetres. Pers. III 1, 37 uirgo atque
mulier nulla erit, quin sit mala,
quae praeter sapiet quam placet
parentibus. Ter. Heaut. IV 6, 1

nullast tam facilis res, quin diffi-
cilis siet, quam inuitus facias.
399. Uéber penetrare pedem s.
zu Trin. 146.
401. perii hier wie oft im Dialog
in sehr abgeschwächter Bedeutung. — ligneam, Menächmus antwortet, als wenn sie nach der Be-
schaffenheit des Schiffes gefragt
hätte.
402. fissa, das einen Leck bekommen hat, excusam, mit dem
Hammer des Kupferschmieds (ex-
cusor) geklopft und ausgeflickt.
Grade so wird bei Menand. Naucl.
fragm. 1 auf die Frage: τὴν ναῦν
σεσῶσθαί μοι λέγεις; erwiedert:
ἔγωγε μὴν τὴν ναῦν ἐκείνην ἣν
ἐποίησε Καλλικλῆς ὁ Καλύμνιος,
Εὐφράνωρ δ' ἐκυβέρνα Θούριος.
O. Ribbeck scheinen die Worte
ligneam, saepe tritam, saepe fissam,
s. e. m. Parodie eines Tragödien-
verses.
403. Wie ein Kürschnergeräth,
näml. in dessen Werkstatt, wo
zum Aufspannen und Trocknen
der Felle Pfahl an Pfahl steht.
Man bemerke die gehäuften Allit-
terationen.

Vbi rex Agathoclés regnator fúit, et iterum Pintia,
Tértium Liparó, qui in morte régnum Hieroni trádidit,
Núnc Hierost? ME. Haud fálsa, mulier, praédicas. MES. Pro
  Iúppiter,   410
Núm istaec mulier íllinc uenit, quaé te nouit tám cate?
*   *   *   *   *   *   *
ME. Hércle opinor pérnegari nón potest. MES. Ne féceris.
Pérüsti, si intrássis intra límen. ME. Quin tu táce modo:
*   *   *   *   *   *   *
Béne res geritur. ádsentabor, quícquid dicet, múlieri,   415
Sí possum hospitiúm nancisci. iám dudum, muliér, tibi
Nón inprudens áduorsabar: húnc metuebam né meae
Vxori renúntiaret dé palla et de prándio.
Núnc quando uis, eámus intro. ER. Étiam parasitúm manes?
ME. Néque ego illum maneó neque flocci fácio, neque si uénerit, 420
Eúm uolo intro mítti. ER. Ecastor haúd inuita fécero.
Séd scin quid te amábo ut facias? ME. Ímpera quiduis modo.
ER. Pállam illam quam dúdum dederas, ád phrygionem ut déferas,

---

410. *Hierost* näml. *regnator*. Die hier gegebene Folge der Regenten in Syracus ist nicht ohne Lücken und positive Unrichtigkeiten. Uebergangen sind mehrere Tyrannen, welche die Zeit zwischen Agathocles (reg. von 317—289 v. Chr.) und Pyrrhus' Ankunft in Sicilien (im Sommer 278 v. Chr.) ausfüllten; in der Zeit von Pyrrhus' Abgang aus Sicilien (275) bis zur Erhebung Hiero's zum Strategen (269, König ward er 265) müssen sich Pintia (denn an Phintias, den Tyrannen von Agrigent, kann nicht gedacht werden, wo es sich um einen Tyrannen von Syracus handelt) und Liparo, deren Gedächtniss sich nur auf diese plautinische Stelle stützt, nach einander der Gewalt in Syracus bemächtigt haben; unrichtig ist, dass dem Hiero die Herrschaft durch ruhige Erbfolge von Liparo übergeben worden sei, während Hiero der beglaubigten Geschichte zufolge die bisherige Regierung (des Liparo also) in Syracus mit Hilfe des Heeres gestürzt hat. Ob Plautus als Römer das Richtige nicht gewusst oder als Dichter wissentlich Schiefes einer Frau in den Mund gelegt habe, ob und wie er durch sein Original zu dieser der historischen Treue ermangelnden Darstellung gekommen sei, darüber lassen sich nur höchst unsichere Vermuthungen aufstellen.

412. Vor diesem Verse ist eine Lücke von mindestens einem Verse anzunehmen, worin Erotium ihre Einladung zum Eintritt wiederholte, denn nur darauf kann sich *pernegari* und die Abmahnung *ne feceris* beziehen, während sonst *pernegari non potest* heissen müsste: es lässt sich auf die Dauer (*per*) nicht leugnen, dass die Frau von dort gekommen ist. Ebenso ist nach

413 ein Vers ausgefallen, worin Menächmus seinen Sklaven zurücktreten liess, da derselbe ja 429 näher zu kommen aufgefordert wird.

416. *iam dudum* (s. zu 311), dies spricht er heimlich zur Erotium.

417. *hunc metum*, Anticipation, s. zu 246.

422. *amabo* i. e. *amanter rogabo* wie 520. 675. Truc. IV 4, 19 *immo amabo ut hos dies aliquos sinas eum esse apud me*.

Vt reconcinnetur atque ut ópera addantur quae uolo.
ME. Hércle qui tu récte dicis: eádem *opera* ignorábitur, 425
Ne úxor cognoscát te habere, si ín uia conspéxerit.
ER. Érgo mox auférto tecum, quándo abibis. ME. Máxume.
ER. Eámus intro. ME. Iám sequar te: húnc uolo etiam cónloqui.
Ého, Messenio, *ád me* accede huc. MES. Quid negotist? ME. Súscipe *hoc*.
MES. Quid eo opust? ME. Opúst. scio ut me dices. MES. Tanto néquior. 430
ME. [*Táce*   *   *   *   ,*   *   *
Hábeo praedam; tántum incepi óperis. ei, quantúm potest,
Ábduc istos in tabernam actútum deuorsóriam.

424. *opera*, Arbeiten, Aenderungen.
425. *hercle qui*, s. zu Capt. 550.
426. *si in uia consp.*, hieraus ergibt sich, dass die *palla* ein Umwurf oder Mantel war, den die Frauen beim Ausgeben noch über die Obertunica warfen, also identisch mit *amiculum*.
428. *colloqui*, hier geht Erotium hinein.
429. *suscipe hoc*, Ritschls Vermuthung für *susciri* der Bücher, wonach Messenio den Befehl erhält, das Reisegepäck, welches er 348 abgelegt hatte, wieder aufzunehmen; vgl. *sustine hoc* 197.
430. *ut me dices*, näml. *hominem nihili* oder *animi impotentem*. Pers. II 2, 32 *confitere ut te autumo?* — *tanto nequior*, wenn du mit Bewusstsein so handelst. Uebrigens stehen *tanto nequior, tanto melior* (Bravo! Merc. II 5, 25. Bacch. II 2, 33. Truc. V 61) *tanto miserior* (Stich. V 5, 8) ohne *es* und *est*, s. zu 337.
431. Ein Vers ist verloren gegangen, in dem Menächmus seinen Entschluss der Einladung der Erotium zu folgen ausdrücklich kundgab und dem Messenio Schweigen gebot, wie ja *inquam* 435 auf ein schon vorhergegangenes *tace* hinweist.
432. 'Mein ist die Beute; ein so starkes Belagerungswerk hab ich begonnen'. Uebertragung militär. Ausdrücke wie 137. Mit *habeo* meint er nicht, dass er sie schon habe, sondern dass sie ihm nicht entgehen könne; unter *opus* versteht er die Schlauheit, mit der er auf die einem andern geltende Einladung eingegangen sei, woraus ihm Vortheile (*praeda*) erwachsen müssten. Statt *i* haben die Bücher *et* d. i. *ei*, eine von *i* nur graphisch verschiedene Form; wenn aber *i* mit einem zweiten Imperativ verbunden wird, ist das Asyndeton überaus häufig und fast Regel, s. Capt. 180.654.946. — *quantum potest (fieri)* bei den Komikern und in Cicero's Briefen s. v. a. *quam primum* oder *quam celerrime*, häufig nach Imperativen oder auffordernden Conjunctiven, 850. 1058. Trin. 765. Stich. I 3, 95. Pers. I 3, 62. IV 4, 29. Aulul. II 9, 1. Poen. III 1, 64. Bacch. II 3, 114. Asin. III 3, 17. Most. III 2, 71. Ter. Adel. V 7, 10. Andr. V 2, 20. Eun. II 3, 86. V 1, 20. Cic. Att. IV 13, 1, auch dem Imperativ vorausgeschickt: Amph. III 3, 16. Ter. Phorm. IV 3, 69. V 8, 4. Adel. III 2, 52. IV 7, 25; in abhängiger Rede *quantum possit* Men. 545. Mil. II 2, 26. Daneben findet sich die persönliche Ausdrucksweise nur vereinzelt: *quantum queo (facere)* Ter. Eun. V 2, 5. Andr. III 3, 45 *quantum queam*, Aul. I 3, 41 *quantum potero*, aber für *quantum possum*, *quantum potes* haben die Komiker nur die unpersönliche Wendung gebraucht.
433. *istos*, s. zu 349.

Túm facito ante sólem occasum ut uénias aduorsúm mihi.
MES. Nón tu istas meretrices nouisti, ére? ME. Tace, inquam *at-*
que hinc abi.   435
Mihi dolebit, nón tibi, si quid ego stulte fécero.
Múlier haec stulta átque inscitast: quántum perspexi modo,
Ést hinc praeda uóbis. MES. Perii. iámne abis? periít probe:
Dúcit lembum *iám* dierectum náuis praedatória.
Séd ego inscitus *sum* qui ero me póstulem moderárier: 440
Dicto me emit aúdientem, haud ímperatorém sibi.
Séquimini, ut, quod imperatumst, uéniam aduorsum témperi.

ACTVS III.

PENICVLVS.

Plús triginta nátus annis *égo* sum, quom intereá loci
Númquam quicquam fácinus feci péius neque sceléstius,
Quám hodie, quom in cóntionem médiam me inmersi miser: 445
Vbi ego dum hietó, Menaechmus sé subterduxit mihi
Átque abiit ad amicam, credo, néque me uoluit dúcere.
Qui íllum di omnes pérduint, quei primus commentúst *male*
Cóntionem habére, quae homines óccupatos óccupat.
Nón ad eam rem *hercle* ótiosos hómines decuit déligi,   450
Qui nisi adsint quóm citentur, cénsus capiant ilico?

434. *uenias aduorsum*, er sollte also den *aduorsitor*, den Abholer des Herrn, machen, denn *aduorsum alicui uenire* (*ire*) ist der stehende Ausdruck für abholen. 442. 987. Most. I 4, 1. IV 1, 19 (876). 23 (880). Stich.IV 2, 27. Ter. Adel. I 1, 2; verbissen ist die Anwendung im Munde des Parasiten 461.
435. Der Schluss des Verses nach *inquam* ist verloren gegangen, *atque hinc abi* ist von Ritschl eingesetzt, *nunciam* vermuthete Camerarius, auch ein *et caue malo* liesse sich nach 249 denken.
439. *dierectus*, s. zu Trin. 457, *nauis praed.* zu 343.
442. *sequimini*, zu 349.
444. *facinus*, Streich.
445. *immersi*, vgl. 700.
447. *abiit*, über die Länge der letzten Silbe (vgl. *rediit* Merc. IV 3, 6) s. Einl. Trin. S. 18. So findet sich auf alten. Inschriften *posedeit redieit obieit* u. a. — *ducere*, mitnehmen.
448. *qui* wie 308.
451. *quom citentur*, beim Namensaufruf, nach Analogie des Verfahrens beim *delectus*, wobei von dem, welcher sich nicht stellte oder an dem zum Sammelplatze bestimmten Orte sich am festgesetzten Tage nicht einfand, der gewöhnliche Ausdruck war: *citatus non respondit.* — *census capere* = *pignora capere*, zu *capiant* ist Subject *censores*, denn auf ihr Strafrecht scheint hier Bezug genommen zu werden; sie konnten nämlich Widerspenstige und den Gehorsam Verweigernde durch Pfändung (*pignora capiendo*) dazu anhalten und Multen dictieren.

Qu .... qua . senatus ... o .. one .....
.... q .. m 1 ....
Adfatimst hominum, in dies qui singulas escás edint,
Quíbus negoti nihil est, qui essum néque uocantur néque uocant: 455
Eós oportet cóntioni dáre operam atque cómitiis.
Sí id ita esset, nón ego hodie pérdidissem prándium:
Quoí tam credo datum uoluisse quám me uideo uiuere.
Íbo; etiamnum réliquiarum spés animum oblectát meum.
Séd quid ego uideó? Menaechmus cúm corona exit foras. 460
Súblatumst convivium: edepol uénio aduorsum témperi.
Óbseruabo, quid agat, hominem: póst adibo atque ádloquar.

MENAECHMVS II. PENICVLVS.

ME. Potine út quiescas, si égo tibi hanc hodié probe
Lepidéque concinnátam referam témperi?
Non fáxo eam esse dices: ita ignorábitur. 465
PE. Satúr nunc loquitur dé me et de partí mea:

452 f. nur diese Buchstaben sind in A, der diese beiden Verse allein hat, noch lesbar.
454. *singulas*, die nur eine Mahlzeit essen oder deren Mahl nur aus einem Gerichte besteht, also frugale, einfache Leute.
455. *essum*, zu Trin. 406.
458. Verdorbene, bis jetzt noch nicht geheilte Stelle. Ritschl vermuthet: *Quoi tam credideram insoluisse* (d. i. *insueuisse*), Vahlen: *Quod tam rebar ratum habuisse*, am unwahrscheinlichsten A. Spengel: *Quoi tam credo datum oluisse*. Dem Sinne würde genügen: *Quoi tam credo funus factum quam* ett. nach 489.
460. *egó* mit demselben Accent beim Zusammenfluss mehrerer Kürzen Poen. I 2, 62. Truc. II 2, 11. — *Menaechmus cum* ist in den Handschriften zu *Menaechmum* verdorben, wie Merc. 818 in B *defessus sum* zu *defessum*. — *cum corona*, Kränze wurden beim Nachtischgereicht, daher schliesst der Parasit: *sublatumst conuiuium*.
461. *uenio aduorsum* s. zu 434,

hier mit Verbissenheit gesagt: da komme ich grade zum Abholen zurecht und sogar für die *reliquiae* zu spät.
363. Er spricht ins Haus hinein. *Potine ut*, s. zu Trin. 628. — *hanc* wie 474 die *palla*, die er in den Händen hat.
465. non mit *esse* zu verbinden, da *faxo* wie *credo* häufig parenthetisch steht. Ueber die Prosodie *ita ignor*. s. Einl. Trin. S. 15. Gefälliger ist freilich Bothes Umstellung: *Non esse eam dices faxo*, aber ohne zwingenden Grund, da *non* hier ebenso wenig zu *faxo* gezogen werden kann wie etwa Amph. V 1, 55 *magis iam faxo mira dices* an eine Verbindung von *magis iam* mit *faxo* statt mit *dices* zu denken ist.
466. Dieser Vers stand sonst hinter 475 (so BCD), Ritschl hat ihn vor 475 gesetzt, aber weil in A fehlend in Klammern eingeschlossen. Da jedoch A zwischen 462 und 467 nach der von Ritschl gegebenen Nachweisung nicht sechs, sondern sieben Verse hatte, so habe ich den Vers innerhalb

Pallam ád phrygionem fért confecto prándio'
Vinóque expoto, párasito exclusó foras.
Non hércle *ego* is sum qui sum, ni hanc iniúriam
Meque últus pulcre fúero. obserua quid dabo. 470
ME. Pro di ímmortales, quoi homini umquam unó die
Boni dedistis plús, qui minus speráuerit?
Prandí, potaui, scórtum accubui, ápstuli
Hanc, quóius heres númquam erit post húnc diem.
PE. Nequeó, quae loquitur, éxaudire. ME. Clánculum. 475
Ait hánc dedisse mé sibi atque eám meae
Vxóri surrupuisse. quoniam séntio
Erráre, extemplo, quási res cum ea essét mihi,
Coepi ádsentari: múlier quicquid dixerat,
Idem égo dicebam. quid multis uerbís *opust*? 480
Minóre nusquam béne fui dispendio.
PE. Adíbo ad hominem: nám turbare géstio.
ME. Quis hic ést, qui aduorsus it mihi? PE. Quid ais, homo

dieser Gruppe dahin gestellt, wo
er am ungezwungensten in den
Zusammenhang passt. — *de parti
mea* bezieht sich auf den 138 beanspruchten
Antheil an der von
Menächmus I gemachten *praeda*
d. i. der Palla; *de me* wird durch
de parti mea erklärt und modificiert,
denn eben nur in soweit die
Palla, an der er einen Antheil zu
haben glaubte, erwähnt war, meint
er, spräche Menächmus von ihm.
Wiederum wird *parti* durch das
gleich folgende *pallam ad phrygionem fert*
erklärt, wie auch das
in B über *parti* geschriebene *fallac.*
wohl eben nur *palla* hat bedeuten
sollen. Ueber die Ablativform
parti s. zu Capt. 803.
470. *obserua quid dabo*, gib nur
Acht, was ich dir einbrocken, wie
ich dir's anstreichen, heimgehen
werde; *quid* deutet den Begriff
malum an, s. zu Trin. 1045. Ganz
in demselben Sinne Pers. II 4, 20
specta quid dedero; vgl. *sic dedero*
Asin. II 4, 33. Poen. V 5, 7, *sic dabo*
Ter. Phorm. V 9, 38, *sic egero* Capt.
492; den Sinn der Formel *sic datur*
(Truc. IV 8, 4. Pseud. I 2, 22. Men.
IV 2, 40 (623). 64 (624). Stich. V
6, 5 erklärt Gruter ganz richtig:
*sermo castigantis et poenas sumentis
aut poenas sumptas esse gau-*

dentis, 'da hast du deinen Lohn'.
473. *accubui*, habe neben ihr gesessen,
sie zur Tischnachbarin gehabt,
mit dem Accusativ auch
1144. Bacch. V 2, 71 (1189). Der
Hiatus ist durch die Sinnespause
entschuldigt, die bei mehreren
gleichartigen Sätzen zwischen den
letzten noch durch Chiasmus hervorgehobenen
Gliedern naturgemäss
eintrat, vgl. 687. 1160.
474. '*Heres apud antiquos pro
domino ponebatur*'. Paul. Fest.
p. 99.
475. *nequeo exaudire*, er schiebt
auf nicht gut hören können, was
ihm in der Auslassung des Menächmus
nicht recht verständlich
war.
477. *quoniam*, s. zu Trin. 14.
480. Ueber den Fall des Ictus in
der zweiten Vershälfte vgl. 294
nón ností nomén meum? 416 *idm
dudúm, muliér, tibi.* Poen. III 6,
9. Bacch. III 3, 86 (490). III 4, 4
(503).
481. *bene fui*, zu Capt. 846. So
Truc. IV 2, 28 *de eo nunc bene
sunt tua uirtute.* Merc. III 3, 21
*quin ergo imus atque obsonium
curamus, pulcre ut simus.* — *dispendio,
sumptu.*
483. Dass in *ais* als einem Verb
der 4. Conjugation die letzte Silbe

Leuiór quam pluma, péssume et nequissume,
Flagítium homonis, súbdole ac minumí preti? 485
Quid dé te merui, quá me causa pérderes?
Quid súrrupuisti té mihi dudum dé foro,
Fecisti funus méd absente prándio?
Cur aúsu's facere, quoi ego adaeque herés eram?
ME. Aduléscens, quaeso, quid tibi mecúmst rei, 490
Qui mihi male dicas hómini hic ignotó sciens?
An tibi malam rem uís pro male dictís dari?
PE. Istám quidem edepol té dedisse intéllego.
ME. Respónde, adulescens, quaéso, quid nomén tibist?
PE. Etiám derides, quási nomen non nóueris? 495
ME. Non édepol ego te, quód sciam, umquam ante húnc diem
Vidi neque noui: uérum certo, quísquis es,
Aequóm si facias, mihi odiosus né sies.
PE. Non mé nouisti? ME. Nón negem, si nóuerim.
PE. Menaéchme, uigila. ME. Vigilo hercle equidém, quód sciam. 500
PE. Tuóm parasitum nón nouisti? ME. Nón tibi
Sanum ést, adulescens, sinciput, *ut* intéllego.
PE. Respónde: surrupuistin uxorí tuae
Pallam ístanc hodie atque *eám* dedisti Erótio?
ME. Neque hércle ego uxorem hábeo, neque ego Erótio 505

ursprünglich lang ist, hat Fleckeisen 'Zur Kritik der altlat. Dich-
terfragm. bei Gellius' S. 6 ff. nachgewiesen, doch kann *ais* auch mit
Synizese einsilbig gesprochen werden.
485. Der Ausdruck *flagitium
hominis* steht noch 706. Asin. II 4,
67. Cas. III 2, 22. Aehnlich *scelus
uiri* Curc. V 2, 16. Truc. II 7, 60.
Mil. V 1, 41, *monstrum hominis*
Ter. Eun. IV 4, 29, *monstrum mu-
lieris* Poen. I 2, 61, *deliciae pueri*
Pers. II 2, 22, *frustum pueri* ib. V
2, 67, *hallex uiri* Poen. V, 5, 31,
überall ohne *tu*, nur einmal im
vollen Satze *scelus tu pueri es*
Pers. II, 2, 10, so dass die Schreibung *flagit. tu hominis* ein sehr
unsicheres Mittel zur Beseitigung
des Hiatus bietet und die Aus-
hilfe Bergk's durch die Form *homonis* (s. zu 82) viel wahrschein-
licher ist. — *subdole*, wegen 446.487.
486. Der Parasit setzt dem Menächmus mit lauter drängenden
Fragen zu.

489. *facere* sc. *funus prandio,
quoi* etc. — *heres*, insofern er ge-
laden und das Prandium ausdrücklich für ihn mit bereitet war.

491. *hic*, hier zu Lande. In den
Büchern ist die Negation von
ignoto aus Versehen zu *sciens* gerathen.

493. Die Bücher haben *Posteam
quidem*, wo *Posteam* aus dem Per-
sonzeichen *P*. und *istam* verderbt
ist.

494. *quid nomen, s.* zu Trin.
889.

495. *qudsi nomén*, diese Betonung ist weder im troch. Septenar
noch im Senar anzufechten, s. Epid.
III 3, 19 *cdue siris*, Capt. 15 *ópe
uostrá*, Asin. IV 1, 55 *mále dicát*,
Rud. IV 7, 20 *sdpientés*.

502. Da *ut* in den Büchern fehlt,
so hat Ritschl in der grösseren
Ausgabe für *sinciput* nach Analogie von *occipitium* Aul. I 1, 25 *sin-
cipitium* eingesetzt.

Dedi nec pallam súrrupui. PE. Satin sánus es?
* * * * * * *
Occisast haec res. nón ego te indutúm foras
Exíre uidi pállam? ME. Vae capiti tuo.
Omnís cinaedos ésse censes, tú quia's? 510
Tun méd indutum fuísse pallam praédicas?
PE. Ego hércle uero. ME. Nón tu abis, quo dígnus es,
Aut té piari iúbes, homo insaníssume?
PE. Numquam édepol quisquam me éxorabit, quin tuaé
Vxóri rem omnem iam, út sit gesta, ego éloquar. 515
Omnés in te istaec récident contuméliae.
Faxo haúd inultus prándium comédereis.
ME. Quid hoc ést negoti? sátin, ut quemque cónspicor,
Ita mé ludificant? séd concrepuit óstium.

ANCILLA. MENAECHMVS II.

AN. Menaéchme, amare ait te multum Erótium, 520
Vt hóc una opera iám ad auriíicem déferas,
Atque húc ut addas aúri pondo *unam* únciam
Iubeásque spinter nóuom reconcinnárier.

506. Vielleicht ist *Pallam dedi
nec surrupui* umzustellen; *surrupui* aber in *surpui* zu verändern
ist nicht nöthig, denn in derselben Versstelle steht *Mnesilochus*
Bacch. II 3, 12. *detinui* Rud. I 2,
5, *exhibeat* ib. II 5, 16, *magnidicis*
ib. II 6, 31, *praeterea* Aul. III 6,
21, *permicies* Most. 3, daher auch
Trin. 582 *conueniat* nicht nothwendig in *conuenat* zu verwandeln. — Der ausgefallene Vers
hatte nach Ritschl ungefähr den
Sinn: *profecto nisi illum ut confiteatur fecero ...*
508. *occisast haec res,* die Sache
ist verloren, wie Capt. 532 *occisast haec res, nisi reperio atrocem
mi aliquam astutiam.* Pseud.I 5, 8
occisast haec res; haeret hoc negotium, wo eine Phrase die andere erklärt. Unter *haec res* versteht er aber das, um was es ihm
jetzt zu thun ist, seine Rache
durch die der Frau zu machende
Anzeige, die freilich wenig Aussicht auf Erfolg hat, wenn Menächmus in der Lage wäre alles
leugnen zu können.
510. *cinaedi* sind in der *palla*
(s. 197) auftretende Tänzer, die,
weil sie obscöne Tänze tanzten,
auch selbst für *impudici* galten;
daher bei Plautus bald das erstere, bald das letztere, oft auch
wie hier beide Bedeutungsmomente hervortreten.
512. *quo dignus es,* näml. *in
malam rem.*
513. *piari* als ein Geistesirrer,
s. 289; gefälliger ist Guyets Umstellung *iubes piari.*
517. *comederis, fut. exact.* wie
Capt. 797.
520. Die Zofe hält eine Spange
in der Hand. — *amare ait te multum,* lässt dich sehr schön bitten,
s. zu 422. — *ait te* mit demselben
Accent Ter. Andr. IV 2, 5, dagegen *té ait* Capt. 362.
521. *hoc,* diesen Schmuck; *una
opera,* zugleich mit der *palla.*
523. '*spinter, genus armillae,
quod mulieres antiquae gerere sole-*

ME. Et istúc et aliud, si quid curari uolet,
Me cúraturum dicito, quicquid uolet.   525
AN. Scin, quód hoc est spinter? ME. Néscio, nisi aúreum.
AN. Hoc est, quod olim clánculum ex armário
Te súrrupuisse aiébas uxori tuae.
ME. Numquam hércle factumst. AN. Nón meministi, *te* óbsecro?
Redde ígitur spinter, si non meministi. ME. Mane.   530
Immo équidem memini: némpe hoc est quod illi *dedi.*
AN. Istúc. ME. Vbi illae armíllae, quas uná dedi?
AN. Numquám dedisti. ME. Náin pol *cum* hoc uná *dedi.*
*   *   *   *   *   *   *
AN. Dicám curare? ME. Dícito: curábitur.   535
Et pálla et spinter fáxo referantúr simul.
AN. Amábo, mi Menaéchme, inauris dá mihi,
Faciúnda pondo duóm nummum stalágmia:
Vt té lubenter uídeam, quom ad nos uéneris.
ME. Fiát. cedo aurum: égo manupretiúm dabo.   540
AN. Da sódes aps te: *ego* post reddideró tibi.
ME. Immó cedo aps te: égo post tibi reddám duplex.
AN. Non hábeo. ME. At tu, quándo habebis, túm dato.
AN. Numquíd uis? ME. Haec me cúraturum dicito,
Vt, quántum possit, quique liceant, uaéneant.   545
Iamne ábiit intro? ábiit, operuit foris.
Di mé quidem omnes ádiuuant, augént, amant.
Sed quid ego cesso, dúm datur mi occásio
Tempúsque, abire ab hís locis lenóniis?
Properá, Menaechme: fér pedem, conrér gradum.   550

bant *brachio summo sinistro*'. Fest.
p. 333, σφιγκτήρ, Armspange. —
nouom mit Synizese, s. Einl, Trin.
S. 19.
526. *nisi scio esse aureum.*
532. *illae,* er will nun, um nicht
wieder in den vorigen Fehler zu
verfallen, recht gewiss seiner
Sache thun; über das fehlende
sunt s. zu 280.
533. *hoc,* auf die Spange deu-
tend.
534. In dem fehlenden Verse
muss Menächmus, wie er seinen
Missgriff merkt, sich in ähnlicher
Weise wie 531 herausgeredet haben.
538. '*Stalagmium genus in-
aurium videtur significare*' Fest.
p. 317, von σταλαγμός und Tro-
pfen nennt man noch heute diese
Art Ohrringe. *Inaures* ist das

Genus, *stalagmia* die in Apposi-
tionsform beigefügte Species.
539. Vgl. Asin. I 3, 31 ff.
540. Der Hiatus in der Sinnespause hier wie 541, 542, 546 ohne
Anstoss.
542. *reddam,* als wäre er der-
jenige, für den das Geld einstweil-
len ausgelegt werden soll.
544 *Numquid uis?* nachdem si
bei Menächmus nichts erreicht
hat, will sie weggehen, s. zu Trir
192.
545. *ut ctt.* setzt Menächmt
für sich hinzu; *quantum possit*
s. zu 432; *quique s. v. a. quicum-
que* (Abl.) d. i. *quamcumque r*
tione = quanticumque, 'um we
chen Preis nur immer', in de
selben Sinne *quiqui licebu*
1161. Pers. IV 4, 109 *qui datu*
tanti indica.

Demam hánc coronam atque ábiciam ad laeuám manum,
Vt, sí sequentur me, hác abiisse cénseant.
Ibo ét conueniam séruom, si poteró, meum,
Vt haéc, quae bona dant dí mihi, ex me iám sciat.

ACTVS IV.

MATRONA. PENICVLVS.

MA. Egone hic me patiar *ésse* in matrimónio, 555
Vbi uír compilet clánculum, quicquid domist,
Atque *hinc* ad amicam déferat? PE. Quin tú taces?
Manuf ésto faxo iam ópprimes: sequere hác modo.
Pallam ád phrygionem cúm corona *hic* ébrius
Ferébat, hodie tibi quam surrupuit domo. 560
Sed eccám coronam, quám habuit, num méntior?
Em, hac ábiit, si uis pérsequi uestígiis.
Atque édepol eccum óptume reuórtitur,
Sed pállam non fert. MA. Quíd ego nunc cum illóc agam?
PE. Idém quod semper: mále habeas. MA. Sic cénseo. 565
PE. Huc concédamus: éx insidiis aúcupa.

MENAECHMVS I. MATRONA. PENICVLVS.

ME. Vt hóc utimúr maxumé more móro
Moléstoque múltum, atque utí quique súnt

---

553. Er wartet also nicht, bis Messenio ihn abholt (434).
558. *manufesto*, auf frischer That.
561. *quám habuít* wie *quám habeds* 692, s. über diesen Hiatus in der Arsis bei einsilbigen Wörtern Einl. Trin. S. 20.
562. *em*, s. zu Trin. 3; *hac*, s.
561. Während nun Menächmus II rechts fortgegangen war, kommt zufällig Menächmus I von links her, so dass er auf seine Frau und Peniculus stösst, die ihn in dieser Richtung suchen.

565. *male habeas eum* d. i. schilt ihn aus.
566. Sie treten auf die Seite.
567. Canticum bis 598, dessen erster Theil bis 574 lauter acat. bacch. Tetrameter mit zusammenhängendem Rhythmus (*continuatio numeri*) enthält, so dass von *optumi* 569 die erste Silbe metrisch noch zum vierten Bacchius von 568 gehört, ebenso bildet die erste Silbe von *quaeritur* 572 mit *magis* und die ersten beiden Silben von *clueat* 573 mit *modi* den vierten Fuss des vorhergehenden

Optumí maxumi, morem habént hunc: cluéntis
    Sibi ómnis uolúnt esse múltos: bonine an   570
    Mali sint, id haúd quaeritánt. res magis
Quaeritúr, quam cluéntum fidés quoius modí
Clueat. síst pauper átque haud malús, nequam habétur:
    Sin diues malúst, is cluéns frugi habétur.
Qui neque legés neque aequóm bonum usquám colunt, 575
    Sollicitos patrónos habént.
Datúm denegánt, quod datúmst:
    Litium pleni, rapaces,
Virí fraudulénti:
    Qui aut faénore aut periúriis   580
    Habént rem parátam: mens ést in queréllis.
Iuris ubi dicitúr dies, simúl patronis dicitur:
[Quippe qui pro illis loquantur, quae male fecerint:]
    Aut ád populum aut ín iure aut ád iudicém rest.
Sicut me hodie nímis sollicitum cluéns quidam habuit, néque quod
    uolui   585

Verses. — *ut*, Ausruf; *maxume* gehört zu *moro* d. i. *stulto*. Bemerke die gehäufte Allitteration.
571. *res*, Vermögen.
575. *qui* d. i. Sie, welche (Uebergang vom Singular zum Plural); dazu folgt 578 als den Charakter solcher Clienten schärfer bestimmende Apposition: *litium pleni, rapaces, uiri fraudulenti*, welcher zur vollständigen Erschöpfung der Sache noch ein Relativsatz beigegeben wird. Mit *colunt* steht *habent* und *denegant* auf gleicher Linie. — *aequom bonum*, Asyndeton, 'Recht und Billigkeit'.
576. *sollicitos habent*: mit dem Adjectiv oder dem Partic. Perf. Pass. verbunden bezeichnet *habere* die Dauer eines Zustandes oder des Resultats einer Handlung, so 581. 585, *miserrumum habere* Cas. III 3, 27. Cist. II 2, 2.
577. *datum denegant quod datumst* d. i. *denegant datum sibi esse quod eis datum est*, antike Einfachheit des Ausdrucks, ohne dass etwas müssig oder überflüssig dasteht.
581. *mens est in querellis*, vgl. Pseud. I 1, 32 *nam istic* (i. e. *in cera*) *meus animus nunc est*, non

in *pectore*. Pers. IV 6, 27 *animus iam in nauist mihi*. Ter. Eun. IV 7, 46 *iam dudum animus est in patinis*. Gemeint sind die Klagen, die gegen sie erhoben werden, nicht, die sie erheben; übrigens ist sonst *querella* von gerichtlicher Klage nur in der späteren Latinität gebraucht.

582. *iuris dies* i. e. *dies quo ius dicitur a praetore*, sonst nur *diem dicere* ohne *iuris*.

583. Ein mässiger, jedenfalls von einem den Gedanken weiter ausführenden Erklärer herrührender Zusatz.

584. *ad populum*, wenn es *causa publica*, dagegen *in iure aut ad iudicem*, wenn es *causa priuata* war, und zwar *in iure*, wenn von einem Magistrat (in der Regel vom Prätor, in einzelnen Fällen, wie in dem von 585 an in Rede stehenden, auch von den Aedilen) Streitsachen *ex aequo bonoque* entschieden wurden, *ad iudicem*, wenn der Magistrat einen Richter zur Entscheidung der Klagsache ernannte. — *rest=res est* auch Rud. 175. Stich. III 2, 19. Capt. 485. Mil. 1343. Merc. II 2, 41.

Ágere aut quicum uólui licitumst: íta me attinuit, íta detinuit.
Ápud aediles pro éius factis plúrumisque péssumisque
Díxi causam: cóndiciones tétuli tortas, cónfragosas.
Plús minus, quam opus fúerat dicto, díxeram, ut eam spónsio
Cóntrouorsiám finiret. quid ille? quid? praedém dedit.   590
Néc magis manuféstum ego hominem úmquam ullum tenéri uidi:
Ómnibus male fáctis testes trés aderant acérrumi.
Di illum ómnes perdant qui mi hunc optumum hódie corrupit diem:
Meque ádeo, qui hodié forum umquam óculis inspexím meis.
Vbi primum licitumst, ilico properáui abire dé foro.   595
Iussi ádparari prándium: amica exspectat mé, scio:
Irátast credo núnc mihi: placábit palla quám dedi.
[Quam méae hodie uxori ábstuli atque détuli huic Erótio.]

586. *quod uolui agere*, Hindeu-
tung auf das *prandium*.
587. *aediles*, sie hatten die Ci-
viljurisdiction in Markt-, Han-
dels- und Wuchersachen zu be-
sorgen.
588. *condiciones*: Menächmus
sucht die schlechte Sache seines
einer sicheren Ueberführung entgegen gehenden Clienten dadurch
zu retten, dass er eine *sponsio*
vorschlug, eine Art Wette, bei
der, nachdem beide Parteien eine
bestimmte Summe Geldes nieder-
gelegt hatten, nach der Formel:
'wenn diese oder jene Condicio
als zutreffend (oder als nicht zutreffend) befunden wird, will ich
die niedergelegte Summe verloren
haben', zunächst über dieses Wett-
geld entschieden wurde, der Sie-
ger in der Sponsion aber zugleich
den Prozess selbst gewann. Da
nun bei der Sponsion die Entscheidung sehr oft von der Wahl
der Condicionen abhing, etwa wie
heut zu Tage der Spruch der Ge-
schworenen häufig durch die Frage-
stellung bedingt wird, so stellt
Menächmus, um eine seinem Clienten günstige Entscheidung herbei-
zuführen, verwickelte, spitzfindige
(*tortas*) und halsbrechende, auf
Schrauben gestellte (*confragosas*)
condiciones. Der Client aber, statt
den Ausweg der Sponsion anzunehmen, drang bartköpfig auf ein
strenges Processverfahren, in dem
er bei der Masse der ihn belasten-
den und durch drei Zeugen er-
härteten Thatsachen verurtheilt
werden musste, und erklärte dazu
einen Bürgen stellen zu wollen
(*praedem dedit*).
590. So hat Ritschl in der grösseren Ausgabe diesen und den folgenden Vers geschrieben; die Bücher (auch A) haben am Anfange
aut plus aut minus, zu Ende *dixe-
ram controuersiam ut sponsio fieret*,
in A schliesst aber der Vers mit
ut, in BCD mit *controuersiam*.
Bergk schreibt: *Ut plus aut mi-
nús quam opus fúerat, múltus di-
xeram, ut Spónsio fierét, quid ille?
quid? praedem dedit*, als brachy-
catal. Tetr. (acat. troch. Dim.
nebst catal. troch. Tripodie), welches Mass er auch für 583 annimmt.
591. Hiatus in der Hauptcäsur.
593. Die Bücher lassen an dieser Stelle *optumum* weg, holen es
aber zwei Verse später nach in
der Wiederholung *diem corrupi
optumum* vor *iussi*, wie Pseud. 586
in B *adducam* zwei Verse später
durch *protinus obducam* ergänzt
wird.
598. Dies ist weder ein cret.
Tetrameter (*Studemund*), noch ein
den Uebergang zu den Anapästen
bildender Senar (A. Spengel) sondern eine einfache Interpolation
(Vahlen, Bergk); die Worte *pla-
cabit palla quam dedi* sind so
deutlich wie möglich und bedurf-
ten einer Ausführung gar nicht.

PE. Quid ais? MA. Viro me malo mále nuptam. PE. Satin aúdis
        quae illic lóquitur?
MA. Satis. ME. Sí sapiam, hinc intro ábeam, ubi mihi bene sit.
        PE. Mane: male erit pótius.   600
ME. *   *   *   *   *   *   *   *
Tristis admodúmst; non mihi istuc sátis placet. *sed cónloquar.*
Dic, mea uxor, quid tibi aegrest? PE. Béllus blanditúr tibi.
ME. Pótin ut mihi moléstus ne sis? núm te appello? MA. Aufér
        manum,
Aúfer hinc palpátiones. pérgin tu? ME. Quid tú mihi
Trístis es? MA. Te scíre oportet. PE. Scit, sed dissimulát
        malus.   605
ME. Númquis seruorúm deliquit? num áncillae aut seruí tibi
Résponsant? elóquere: inpune nón erit. MA. Nugás agis.
ME. Cérte familiárium aliquoi irata's? MA. Nugás agis.
ME. Núm mihi's iráta saltem? MA. Núnc tu non nugás agis.
ME. Nón edepol deliqui quicquam. MA. Em, rúsum nunc nugás
        agis.   610
ME. Quid illuc est, uxór, negoti? MA. Mén rogas? ME. Vin húnc
        rogem?
Quid negotist? MA. Pállam ME. Pallam? MA. Quídam pallam
        PE. Quíd paues?
ME. Níl equidem paueó — nisi unum: pálla pallorem íncutit.
PE. Át tu ne clám me comessis prándium. perge in uirum.
ME. Nón taces? PE. Non hércle uero táceo. nutat né loquar. 615

599. Penicnlus spricht zur Frau
des Menächmus.
600. Statt *hinc* ist wohl *huc* zu
schreiben wie 626. Nach diesem
Verse liegt, wie Ladewig und
Ritschl erkannt haben, in den
Handschriften eine kleine Lücke
vor und diese Verse bis 642 sind
arg unter einander geworfen. Die
hier gegebene Anordnung schliesst
sich an Ritschl an, nach welchem
etwa Folgendes ausgefallen ist:

*Quisnam hic loquitur? quid ego
uideo? meó cum parasitó simul
Uxor eccam ante aédis astans mihi
facit remeliginem.*

601. *tristis*, verstimmt, ver-
driesslich.
602. *bellus*, der saubre Patron.
603. *num te appello*, sprech' ich
denn mit dir? — *aufer manum*,
weg mit der Hand.
604. Mit *hinc* verweist sie ihm

die Liebkosungen (*palpationes*)
als 'nicht hierher gehörig. Poen.
V 2, 75 *maledicta hinc aufer*. Pers.
V 2, 19 *iurgium hinc auferas*. —
mihi, ethischer Dativ, nicht von
tristis abhängig.
607. *responsant* i. e. *ferociter
respondent, obloquuntur*, sind sie
grob? — *nugas agis*, Unsinn!
608. *familiarium*, der Hausge-
nossen.
609. *num ctt.* du bist doch nicht
etwa auf mich böse? *saltem*, am
letzten Ende, wenn alles Andere
nicht zutrifft.
612. *Quidam pallam* sc. *te surrupuisse mihi dixit.*
613. *nisi unum*, bei Seite; *palla
pallorem incutit*, ein Wortspiel,
das wir nicht nachbilden können.
614. *clam me*, hinter meinem
Rücken; *comessis* = *comederis*;
perge, zur Frau.
615. *nutat*, zur Frau.

ME. Nón hercle ego quidem úsquam quicquam núto neque nictó tibi.
PE. Níhil hoc confidéntius: qui, quaé uides, ea pérnegat.
ME. Pér Iouem deosque ómnis adiuro, úxor, — satin hoc ést tibi? —
Mé isti non nutásse. PE. Credit iám tibi de isto: illúc redi.
ME. Quó redeam? PE. Equidem ád phrygionem cénseo. ei pallám
refer. 620
ME. Quaé istaec pallast? PE. Táceo iam: quando híc rem non
meminit suam.
MA. Clánculum te istaéc flagitia fácere censebás potis?
Né illam ecastor faénerato ábstulisti. sic datur.
PE. Síc datur. properáto apsente mé comesse prándium:
Póst ante aedis cúm corona mé derideto ébrius. 625
ME. Néque edepol ego prándi neque hodie húc intro tetulí pedem.
PE. Tún negas? ME. Nego hércle uero. PE. Nihil hoc homine
audácius.
Nón ego te modo hic ante aedis cúm corona flórea
Vídi astare, quóm negabas míhi esse sanum sínciput,
Ét negabas mé nouisse, péregrinum aibas ésse te? 630
ME. Quin ut dudum déuorti abs te, rédeo nunc demúm domum.
PE. Nóui ego te. non míhi censebas ésse, qui te ulcíscerer:
Ómnia hercle uxóri dixi. ME. Quid dixistí? PE. Néscio.
Eámpse roga. ME. Quid hóc est, uxor? quídnam hic narrauít tibi?
Quid id est? quid tacés? quin dicis quid sit? MA. Quasi tu
néscias. 635
Né ego ecastor múlier misera. ME. Quí tu misera's? mi éxpedi.
MA. Mé rogas? ME. Pol haúd rogem te, sí sciam. PE. O homi-
ném malum:

616. *nutare* ist wie nicken, neigen der allgemeinere Begriff, im speciellen Sinne mit dem Kopfe winken, *nictare* mit den Augen winken. Non. p. 439. Asin. IV 1, 39. Merc. II 3, 72 (Doederlein).
617. *nihil confidentius* wie *nihil audacius* 627 ohne *est*, s. zu 336.
619. *credit*, ironisch; *illuc*, auf die Palla.
620. *ad phrygionem*. der Parasit nimmt *redire* in seiner boshaften Antwort im eigentlichen Sinne. *censeo*, ich dächte.
622. *potis sc. esse = posse*, s. zu Trin. 352. Die Handschriften geben hier unmetrisch *potesse*, während sie *potis* als Infinitiv Merc. II 3, 15 *nec pater potis uidetur induci* haben, wie dies auch Aul. II 4, 30 und Epid. II 2, 44 von Andern und Rud. IV 3, 40 neulich

von A. Spengel hergestellt worden ist.
623. *faenerato*, mit Wucher, so dass es dir theuer zu stehen kommen soll, vgl. Asin. V 2, 52. Ter. Adel. II 2, 11. — *sic datur*, s. zu 470.
630. *negabas aibas*, scharfer Gegensatz.
631. *domum* sagt er vor der Frau, während er doch zur Erotium gewollt hatte.
636. *misera* mit der Ellipse von *sum*, die nicht selten ist, wenn die Person durch *ego* oder *equidem* hinlänglich bezeichnet wird wie Stich. I 2, 25 nach A, Amph. prol. 56 *sed ego stultior*, III 3, 9. Merc. V 2, 79. Ter. Hec. IV 1, 49, so dass 440 auch *inscitior* ohne *sum* von Plautus geschrieben worden sein kann, vgl. 337.

50   P L A V T I   4 2 78—100

Vt dissimulat. nón potes celáre: rem nouit probe:
Ómnia hercle ego édictaui. ME. Quid id est? MA. Qnando nil
     pudet
Néque uis tua uolúntate ipse prófiteri, audi átque ades.   640
Ét quid tristis sim ét quid hic mihi díxerit, faxó scias.
Pálla mihist domó surrupta. ME. Pálla surruptást mihi?
PE. Viden ut te scelestus captat? huic surruptast, nón tibi:
Nám profecto tibi surrupta si ésset, salua núnc foret.
ME. Níl mihi tecumst. séd tu quid ais? MA. Pálla, inquam, periit
     domo.   645
ME. Quis eam surrupuit? MA. Pol istæc ille scit qui illam ápstulit.
ME. Quis is homost? MA. Menaéchmus quidam. ME. Édepol factum
     néquiter.
Quis is Menaechmust? MA. Tú istic, inquam. ME. Égone? MA. Tu.
     ME. Quis árguit?
MA. Égomet. PE. Et ego: atque huic amicae détulisti Erótio.
ME. Égon dedi? PE. Tu, tú istic, inquam. uin adferri nóctuam, 630
Quaé tu tu usque dicat tibi? nam nós iam defessi sumus.
ME. Pér Iouem deosque ómnis adiuro, úxor, — satin hoc ést tibi? —
Nón dedisse PE. Immo hércle uero, nós non falsum dicere.
ME. Séd ego illam non cóndonaui, séd sic utendám dedi.
MA. Équidem ecastor tuám nec chlamydem dó foras nec pállium 655
Quotquam utendum. mulierem aequomst uestimentum múliebre
Dáre foras, uirúm uirile. quin refers pallám domum?
ME. Égo faxo referétur. MA. Ex re tús, ut opinor, féceris:
Nám domum numquam hódie intro ibis, nisi feres pallám simul.
Éo domum. PE. Quid mihi futurumst, qui tibi hanc operám
     dedi?   660

640. *profiteri* kommt sonst nur noch in einem Senar des Ennius Teleph. 293 Ribb. mit langer Anfangssilbe vor: *te ipsum hoc oportet profiteri et proloqui. — ades sc. animo*, was Ter. Andr. prol. 24. Phorm. prol. 30 dabei steht, ‘gib Acht’. Merc. III 3, 7 *prius hoc ausculta atque ades*.
643. *captat*, wie er dich durch sophistische Wortverdrehung berücken, irre machen will; *huic surruptast* zu Menāchmus, das vorige zur Frau.
645. *nil mihi tecumst*, zu Peniculus, *sed quid tu ais* zur Frau.
647. Die Bücher haben *quis hic homost*, während der Sprachgebrauch *is* fordert, vgl. Curc. IV 4, 25. V 2, 52. Dieselbe Verwechslung Curc. II 3, 23, wo *eo homine für hoc homine* zu schreiben ist.
649. *et ego*, vgl. Aul. II 1, 54 Meg. *Vale. Eu. Et tu, frater.* Pers. IV 4, 27 Dord. *Vale. Sag. Et uos.* Capt. 1004. Ph. *Salue, Tyndare.* Ty. *Et tu, quoius causa hanc aerumnam exigo.*
650. *noctua*, Uhu.
653. *nos adiuramus, nos non falsum dicere.*
654. *sic*, s. 134, über *utendam dare* zu Trin. 1131.
655. *foras*, ausser Haus.
658. *ex re tua*, zu Trin. 238.
659. *hodie*, zu 217.
660. *quid mihi futurumst* (zur Frau), was wird mir (als Belohnung) werden, dagegen *quid me*

MA. Ópera reddetúr, quando quid tibi erit surruptúm domo.
PE. Íd quidem edepol númquam erit: nam nihil est, quod perdám,
  domi.
Quóm uirum tum uxórem di uos pérdant. properabo ad forum:
Nam éx hac familiá me plane éxcidisse intéllego.
ME. Mále mi uxor sesé fecisse cénset, quom exclusit foras: 665
Quási non habeam, quo intro mittar, álium meliorém locum.
Si tibi displiceó, patiundum: at plácuero huic Erótio,
Quaé me non exclúdet ab se, séd apud se occludét domi.
Nunc ibo: orabo ut mihi pallam réddat, quam dudúm dedi.
Áliam illi redimám meliorem. heus, écquis hic est iánitor? 670
Áperite atque Erótium aliquis éuocate ante óstium.

EROTIVM. MENAECHMVS I.

ER. Quis hic me quaerit? ME. Sibi inimicus mágis *quist* quam
  aetati tuae.
ER. Mi Menaechme, cúr ante aedis ástas? sequere intró. ME. Mane.
Scin quid est, quod ego ád te uenio? ER. Scio, ut tibi ex me sit
  uolup.
ME. Ímmo edepol pallam íllam, amabo té, quam tibi dudúm dedi, 675
Mihi eam redde: uxór resciuit rem ómnem, ut factumst, órdine.

futurumst Truc. II 4. 63 (416 Gep.)
= was wird aus mir werden? s.
zu Trin. 157.
665. *excludere* ist der stehende Ausdruck für nicht ein-oder vorlassen, s. 695. Truc. II 8, 5. 6. Ter. Eun. I 1, 4. I 2, 79. Hor. Sat. II 3, 260. Ovid. am. I 8, 78.
667. *patiundum* ohne *est* malt so recht anschaulich die trotzige Aufsätzigkeit des Menächmus.
671. *aliquis euocate* wie Pseud. V 1, 37 *heus*, Simoni *adesse* me *quis nuntiate*. Merc. V 2, 69 *heus, aliquis actutum huc foras exite*. Ter. Adel. IV 4, 26 *aperite aliquis actutum ostium*.
672. *quist* wäre entbehrlich, wenn, wie Manche wollen, einsilbige eine Länge bildende oder mit *m* schliessende Wörter auch in der Thesis nicht nur im anapäst. Masse (s. Einl. Trin. S. 20), sondern in allen Metren mit der folgenden Arsis nicht zu coalescieren brauchten, wofür sich aus diesem Stücke prol. 9. 443. 498. 573. 729. 835. 1025, aus Capt. prol. 2 (*qui*). 22 (*cum*). II 3, 35. 75. IV 1, 12 anführen lassen. — *aetati tuae*, deiner Jugend d. i. deiner Schönheit und deinen Reizen, in welchem Sinne gewöhnlich *aetatula* steht wie Cist. I 1, 51. Rud. IV 1, 3. Pseud. I 2, 40. Most. I 3, 60. Pers. II 2, 47.
674. *quod .. uenio*, so Poen. V 1, 2 *ueneror deos, ut quod de mea re huc ueni, rite uenerim*. Curc. II 3, 48 *sed quod te misi nihilo sum certior*. Most. III 2, 99 *quod me miseras, adfero omne impetratum*. Epid. IV 2, 1 *quid est, quod me exciuisti ante aedis?* ib. I 2, 28 *empta ancillast, quod tute ad me litteras missiculabas* neben *tum tu igitur, qua causa missus es ad portum, id expedi* Stich. II 2, 39. Daraus erklärt sich auch *istuc* = *istac de causa* 726.
676. *rem omnem, ut factumst*. Construction nach dem Sinne (da-

Égo tibi redimám bis tanto plúris pallam, quóm uoles.
ER. Tíbi dedi equidem illam, ád phrygionem út ferres, pauló prius.
Ét illud spinter, út ad aurificem férres, ut fierét nouom.
ME. Míhi tu ut dederis pállam et spinter? númquam factum
réperies. 680
Nam égo quidem postquam illam dudum tibi dedi atque abii ád
forum,
Núnc redeo, nunc té postillac uídeo. ER. Video, quám rem agis:
Quaé conmisi, ut mé defrudes, ád eam rem adfectás uiam.
ME. Néque edepol te défrudandi caúsa posco. quin tibi
Dico uxorem résciuisse. ER. Néc te ultro oraui út dares: 685
Túte ultro ad me détulisti, dédisti eam donó mihi:
Eándem nunc repóscis. patiar: tíbi habe, aufer: útere
Vél tu, uel tua úxor, uel etiam in loculos conpíngite.
Tu húc post hunc diém, pedem intro nón feres, ne frústra sis:
Quándo tu me béne merentem tíbi habes despicátui. 690
Nísi feres argéntum, frustra's: mé ductare nón potes.
Áliam posthac inuenito, quám habeas frustrátui.
ME. Nímis iracunde hércle tandem. heús tu, tibi dicó, mane.

gegen 515 *rem omnem ut sit gesta ego eloquar*), vgl. 118 *omnem rem, quicquid egi atque ago*. Amph. III 3, 11 *ego rem diuinam intus faciam, uota quae sunt*. Aul. IV 10, 39 *ego te de alia re resciuisse censui, quod ad me attinet.*
677. *bis tanto pluris pallam*, einen noch einmal so theuren Mantel.
678. Der Hiatus in der Cäsur dieser Versart ist in diesem Stück sehr häufig: 219. 397. 404. 428. 432. 608. 623. 664. 777. 778. 810. 847. 851. 868. 870. 900. 913. 923. 930. 940. 950. 1074. 1093. 1114. 1115. Die Betonung *út ferrés* in der dritten Dipodie ist nicht auffälliger als 416 *ídm dudúm*, s. auch zu Trin. 898.
680. *ut dederis*: die *ut*-Frage tritt einer überraschenden, unglaublich erscheinenden Behauptung entgegen. Curc. V 2, 18 *mean ancilla libera ut sit, quam ego numquam emisi manu?* Epid. II 2, 41. — *numquam fact. rep.*, derselbe Versschluss Poen. III 5, 17.
682. *quam rem agis*, s. zu Capt. 203; vgl. Aul. III 6, 39 *scio quam rem agat: ut me deponat uino, eam adfectat uiam.*
683. *quae*, näml. *pallam et spinter*; construiere *ad eam rem adfectas uiam, ut me defrudes* (eis) *quae* (tibi) *commisi*, zu *adfectare uiam* vgl. noch Ter. Heaut. II 3, 60 *ad dominas qui adfectant uiam.* Phorm. V 8, 71 *hi gladiatorio animo ad me adfectant uiam.*
685. *nec*: das *neque (edepol .. posco)* des Menächmus verhält sich zu diesem *nec* wie Schlag zum Gegenschlag.
686. *dedísti*, über die Prosodie s. Einl. Trin. S. 15.
687. *habe*, der Hiatus ist hier nicht anstössiger als 473.
688. *in loculos compingere*, vgl. Hor. Ep. II 1, 175 *in loculos demittere.*
689. *frustra*, Trochäus, s. Einl. Trin. S. 18, wo diese Stelle als sechstes Beispiel hinzutritt.
691. *frustra esse*, sich täuschen, Ausdruck der Volkssprache, s. 689. Capt. 850.
692. Geht ab.
693. *tu*, das Pronomen statt des Namens, s. zu Capt. 106.

Rédi. etiamne astás? etiam audes meá reuorti grátia?
Ábiit intro, occlúsit aedis. núnc ego sum exclusíssumus: 695
Néque domi neque ápud amicam mihi iam quidquam créditur.
Íbo et consulam hánc rem amicos, quid faciundum cénseant.

MENAECHMVS II. MATRONA.

ME. Nimis stúlte dudum féci, quom marsúppium
Messénioni cum árgento concrédidi.
Inmérsit aliquo sése credo in gáneum. 700
MA. Prouísam, quam mox uir meus redeát domum.
Sed éccum uideo: sálua sum, pallám refert.
ME. Demíror, ubi nunc ámbulet Messénio.
MA. Adíbo atque hominem accípiam quibus dictis meret.
Non té pudet prodíre in conspectúm meum, 705
Flagítium homonis, cum ístoc ornatú? ME. Quid est?
Quae té res agitat, múlier? MA. Etiamne, inpudens,
Muttíre uerbum unum aúdes aut mecúm loqui?
ME. Quid tándem admisi in me, út loqui non aúdeam?
MA. Rogás me? o hominis inpudentem audáciam. 710
ME. Non tú scis, mulier, Hécubam quaproptér canem

694. *etiamne . . etiam*, über die Weglassung des *ne* im zweiten Gliede s. zu Trin. 137. Most. III 2, 87. *Eon? uoco huc hominem?* Pers. IV 3, 5 *sumne probus, sum lepidus ciuis?* über *etiam astas = ilico asta*, zu Trin. 514, über *audere=uelle* zu Trin. 244 und Klotz zu Ter. Andr. I 1, 58. Auch bei Cicero ist diese ältere Bedeutung hie und da noch durchzufühlen, s. B. pro Sest. § 1.
695. *exclusissumus*, die Superlativbildung erwuchs hier ebenso natürlich aus der Situation wie *ipsissumus* Trin. 988, *uerberabilissumus* Aul. IV 4, 6, s. zu Trin. 397.
697. *consulere* findet sich sonst nur noch Cic. Att. VII 20, 2 mit doppeltem Accusativ. Uebrigens hat diese Wendung nur den Zweck, den Abgang des Menächmus zu motivieren, sowie sich Parasiten, wenn sie nirgends angekommen sind, ebenfalls zu ihren Freunden verfügen, um sich mit ihnen über ihre Zukunft zu berathen, s. Stich. III 2, 47.
699. *concredidi*, s. 385.
701. *quam mox*, 'wie bald' im Sinne von 'ob nicht bald'. So auch in directer Frage Rud. II 3, 12 *quam mox coctumst prandium?* ib. IV 7, 1 *quam mox licet te compellare?*
703. *demiror, ubi . . ambulet*, ich bin doch neugierig, wo er sich herumtreiben mag.
704. *accipiam*, tractieren, 795. Cist. I 1, 17 *ita hodie hic acceptae sumus suauibus modis*.
706. *homonis*, s. zu 485.
707. *quae te res agitat*, welcher Alp plagt dich? Curc. I 1, 92 *quae te res agitant?* Aul. IV 4, 4 *quae te mala crux agitat?* Merc. I 2, 23 (132) *quae te res malae agitant?* Mil. II 5, 24 *quae te intemperiae tenent?*
710. Derselbe Ausruf Ter. Heaut. II 3, 72.
711. *Hecubam*: Cic. Tusc. III 26, 63 *Hecubam autem putant*

Gráii esse praedicábant? MA. Non equidém scio.
ME. Quia idém faciebat Hécuba, quod tu núnc facis.
Omnia mala ingerébat, quemquem aspéxerat:
Itaque ádeo iure coépta appellarist canes.   715
MA. Non égo istaec *tua* flagitia possum pérpeti:
Nam méd aetatem uiduam *hic* esse máuelim,
Quam istaéc flagitia túa pati, quae tú facis.
ME. Quid id ád me, tu te núptam possis pérpeti,
An sís abitura a tuó uiro? an mos híc itast,   720
Peregrino ut aduenienti narrent fábulas?
MA. Quas fábulas? non, inquam, patiar praéterhac,
Quin uidua uiuam, quám tuos mores pérferam.
ME. Meá quidem hercle causa uidua uiuito
Vel úsque dum regnum óptinebit Iúppiter.   725
MA. At míhi negabas dúdum surrupuisse te:

propter animi acerbitatem quandam et rabiem fingi in canem esse conuersam. Ovid. Met. XIII 549.
712. 'Graeci bezeichnet die Griechen als bloss ethnographischer oder historischer Name, ohne ethische Nebenbeziehung; *Graii* heissen sie mit Lob als das classische und Heldenvolk der Vorzeit, wie umgekehrt *Graeculi* mit Tadel als das entartete Volk zur Zeit der römischen Schriftsteller.' Doed.
714. *mala* Schimpfworte; *ingerebat: 'quasi tela ita dicit se ingesturum mala'.* Don. zu Ter. Andr. II 1, 16, vgl. Bacch. IV 8, 34. Pseud. I 3, 125. — *quemquem* wird geschützt durch True. II 1, 17. Poen. II 37, häufiger ist *quemque*, Mil. II 2, 1. 5. II 5, 50. IV 9, 14. Capt. 794, was bei vorhergehendem *ut* oder *ubi* sogar nothwendig ist wie Men. 518. Mil. IV 6, 49. V 1, 11. Pseud. V 2, 15 (1312). Rud. V 3, 8. Amph. II 1, 51. Most. III 2, 146 (831). Capt. 497. 793. Bacch. III 3, 67. Ter. Hec. V 3, 4. Zweifelhaft ist ib. I 1, 8, wo *quemque nacta sis* im Bemb. und anderen Büchern steht, *quemquem* in zwei der ältesten Handschriften Bentleys und im Halenser Codex gelesen und durch den Spondeus im fünften Fusse unterstützt wird.
715. *canes*, über diese alte Nominativform s. zu Trin. 170.

717. *aetatem*, Zeitlebens, so adverbial (= διὰ βίου) Asin. II 2, 15. Curc. IV 3, 22. Poen. III 3, 23. Ter. Heaut. IV 3, 38; *meam* findet sich nirgends zugesetzt. — *uidua*, s. zu 113.
718. Dieser verdächtigte Vers ist wohl nicht zu streichen, da man nach *nam mauelim* einen *quam*-Satz doch entschieden erwartet (anderer Art ist Bacch. II 2, 21, wo kein *nam* vorhergeht); dass aber darin der Gedanke von 716 fast mit denselben Worten wiederholt wird, ist ganz mit der Weise von Personen, die in der Aufregung und Hitze sprechen, übereinstimmend und im täglichen Leben namentlich an Frauen wahrzunehmen.
723. *quam* von einem dem Sinne nach in den Worten *quin uidua uiuam* liegenden *potius* abhängig. Bacch. IV 3, 7 (618) *inimicos quam amicos aequomst med habere.* Rud. III 3, 22 *certumst moriri quam hunc pati grassari lenonem in me.*
724. *mea quidem hercle causa*, dieselben Worte auch 1031.
725. *usque dum*, so lange als, nicht: bis, vgl. Ter. Heaut. I 1, 84.
726. *negabas*, wie der epidamnische Menächmus 652 f. hartnäckig gethan hatte, wenn auch die 654 erfolgende Ausrede ein Eingeständniss einschloss, so dass also *non negabas* und *negabas* hier

Nunc cándem ante oculos áttines? non té pudet?
ME. Heu, hércle, mulier, múltum et audax ét mala's.
Tun tíbi surruptam hanc dícere audes, quám mihi
Dedit ália mulier, út concinnandám darem? 730
MA. Ne istúc mecastor iám patrem arcessám meum
Atque eí narrabo túa flagitia quaé facis.
Ei, Décio, quaere meúm patrem, tecúm simul
Vt uéniat ad me: ita rém *natam* esse dicito.
Iam ego áperiam istaec túa flagitia. ME. Sánan es? 735
Quae méa flagitia? MA. Pállas atque aurúm meum
Domó suppilas *clám* tuae uxori ét tuae
Degéris amicae. sátin haec recte fábulor?
ME. Quaeso hércle, mulier, sí scis, monstra quód bibam,
Tuám qui possim pérpeti petulántiam. 740
Quem tú *med* hominem *esse* árbitrare, néscio:
Ego té simitu nóui cum Porthaone.

mit gleichem Rechte gesagt werden konnte; das letztere wird aber hier durch den Gegensatz *nunc eandem ante oculos attines* gefordert und auch das folgende *non te pudet* erhält so erst die rechte Beziehung. Da jedoch zu *surrupuisse* sowohl das Object fehlt als auch dieser ganze Vers mit dem Vorigen in keinem rechten Zusammenhange steht, so mag wohl nach 725 etwas ausgefallen sein.

731. *istuc*, s. zu 674.
732. Zu Menächmus.
733. Sie spricht zu einem Sklaven ins Haus hinein. So lässt im Merc. IV 4, 47 Dorippa ihren Vater holen, um den Mann zu verklagen: *Syra, i, rogato meum patrem uerbis meis, ut ueniat ad me iam semul tecum huc*. — *quaerere* steht hier in derselben Bedeutung wie sonst die ältere Form *quaesere*, wie *comperce* (*me attrectare*) Poen. I 2, 137 dem Sinne nach (über die Form s. Corssen Krit. Beitr. S. 398) gleich *compesce* (*dicere iniuste*) Bacch. III 3, 59 ist.

736. *quae mea flagitia* konnte Menächmus, obschon die Matrone ihm dieselben schon 726 f. vorgeworfen hatte, doch noch fragen, da er jene Beschuldigung der Entwendung der Palla durch die

Rechtfertigung in 730 hinlänglich widerlegt zu haben glaubte. — *pallas*, verallgemeinernder Plural wie 803.

738. *degeris* wie 804. Truc. I 2, 17 *nam ego huc bona mea degessi*.

739. *quod bibam*, er meint eine Art Geduldsträuklein.

741. *med* und *esse* fehlt in den Büchern; Bergk verbessert: *quem tu esse homonem me urbitr.*, s. zu 82.

742. 'Porthaon, nicht Parthaon heisst der Vater des Oeneus (Königs von Aetolien) und Grossvater der Dejanira (Gattin des Hercules), vgl. Eupolis *Πόλεις* fr. 12 τὸν *Δευκολοφίδου* παῖδα τοῦ Πορθάονος. Und dass man sich der Bedeutung des Namens wohl bewusst war, zeigt die Anecdote, welche Polyaen. VI 1, 6 von Meriones, dem sein Bruder Iason von Pherae, nachdem er ihn zuvor heimlich seiner Schätze beraubt hatte, seinem eben geborenen Sohne den Namen zu geben gebot, erzählt: *Μηριόνης δὲ, ἐπειδή τις ἤγγειλεν αὐτῷ πεπορθῆσθαι τὴν οἰκίαν, δεξάμενος τὸ οἰώνισμα, ὄνομα ἔθετο τῷ παιδίῳ Πορθάονα*'. Bergk. — *simitu*, s. zu Trin. 223.

MA. Si mé derides, át pol illum nón potes,
Patrém meum, qui huc áduenit. quin réspicis?
Nouistin tu illum? ME. Nóui cum Calchá simul: 745
Eodém die illum uidi, quo te ante húnc diem.
MA. Negás nouisse mé? negas patrém meum?
ME. Idem hércle dicam, si auom uis addúcere.
MA. Ecástor pariter hóc atque alias rés soles.

SENEX. MATRONA. MENAECHMVS II.

SE. Vt aétás meást atque ut hóc usus fáctost, 750
Gradúm proferám, progrediri properábo.
Sed id quam mihi facile sit, haud sum fálsus.
Nam pérnicitás deserit: consitús sum
Senéctute: onústum geró corpus: uires
Reliquere. ut aétas malást mercis térgo. 755

745. Ueber *Calcha* neben *Calchante* (der aus der Ilias bekannte Seher der Griechen) s. zu Trin. 928.
746. *eodem die*, näml. niemals.
749. *alias res* näml. *agere.* 'Das sieht dir ähnlich'. Mil. II 2, 65 *propere hoc, non placide decet.* Bacch. II 2, 52 *iamne ut soles?*
750. Canticum bis 774, mit einer Unterbrechung (759—763) ausschliesslich baccheisch. — *ut,* Sinn: wie es meine Jahre gestatten und der gegenwärtige Fall (*hoc*) es erheischt; *hoc* kann Ablativ sein im Anschluss an *facto* wie Pseud. I 1, 48 *quam subito argento mi usus inuento siet.* Bacch. IV 4, 97 *quid istis ad istunc usust conscriptis modum?* jedoch ist der Nominativ bei den Neutra der Pronomina üblicher: Cist. I 2, 10 *tacere nequeo misera, quod tacito usus est.* Amph. I 3, 7 *citius quod non factost usus fit quam quod factost opus.* Ter. Hec. V 4, 38 *an temere quicquam Parmeno praetereat quod facto usus sit?*
751. Die Bücher haben *progredi,* das Metrum erfordert aber *progrediri* und Plautus hat dieses Verbum häufig nach der 4. Conjugation flectiert: *progrediri* Cas.

V 1, 9, *aggredri* Truc. II 5, 7. 9, *aggredirier* Merc. II 1, 24. Rud. III 1, 9, *aggredīmur* Asin. III 3, 90. Rud. II 1, 10 *congrediri* Aul. II 2, 70, *degredīre* Cas. III 5, 40 (52 Fl.), *congredibor* Most. III 2, 96 (783) und wohl auch *egrediri* Poen. III 4, 32, *aggredibor* (so A) Pers. I 1, 15, daneben in demselben Verse *congrediar.*
752. *quam facile* wie Ter. Andr. I 5, 52 *nec clam te est, quam illi utraeque res nunc utiles sient;* ib. IV 5, 15 *nunc me hospitem litee sequi, quam id mihi sit facile atque utile, aliorum exempla commonent.*
755. *aetas, senectus.* — *mercis:* neben und vor *merx* haben nach Ritschls Nachweisung (Rhein. Mus. X 453) auch die Formen *merces* und *mercis* bestanden, die sich zu einander verhalten wie *stirpis stirps, fruges frugis frux;* zu *merces mercis* vgl. *canes canis* (zu Trin. 170), *uolpes uolpis, ualles uallis, fames famis* u. a., zu *merx* verhält sich *mercis* wie die alten Nominative *calcis faucis nucis* zu *calx faux nux,* wie *scrobis scobis* Opis zu *scrobs scops Ops,* wie *lentis mentis partis sortis* zu *lens mens pars sors,* wie *frondis*

Nam rés plurumás pessumás, quom aduenit,
Adfert, quás si autumem ómnis, nimis longus sérmost.
Sed haéc res mibi ín pectore ét corde cúraest,
Quidnam hóc sit negóti,
Quod fília sic repénte 760
Éxpetit me, ut ád sese irem.
Néc quid id sit mihi, cértius facit,
Quód uellt *me*, quód me arcessat.
Verúm propemodúm iam sció, quid siét rei:
Credó cum uiró litigiúm natum esse áliquod. 765
Ita istaec solént, quae uirós subseruire
Sibí postulánt, dote frétae, feróces.
Et illi quoque haúd abstinént saepe cúlpa.
Verúmst modus tamén, quoad pati úxorem oportet,
Nec pól filia úmquam patrem árcessit ád se, 770
Nisi aút quid commíssi aut ést causa iúrgi.
Sed id quicquid ést, iam sciam. átque eccam eámpse
Ante aédis et éius uirúm uideo trístem.
Id ést, quod suspicábar.
Áppellabo hanc. MA. Íbo aduorsum. sálue multum, mí pater. 775
SE. Sálua sis. saluaén aduenio? sáluan arcessí iubes?
Quid tu tristis és? quid ille autem ábs te iratus déstitit?

glandis sordis zu *frons glans sors* u. a. Ausserdem hat es noch eine vierte Form *mers* gegeben, worin *x* zu *s* erweicht ist wie in *pausillus sescenti* neben *pauxillus sexcenti*, und diese Form ist nach Ritschl mit den Handschriften Cist. IV 2, 61. Poen. I 2, 129. Pers. II 2, 56. IV 4, 37 und Nov. 27 Ribb. herzustellen, während Pseud. IV 1, 44 die Bücher *mercist*, hier aber *merx* (Non. *mers*) geben, so dass, da das Neutrum eine der zweisilbigen Formen verlangt, zwischen *merces* und *mercis* die Wahl steht.

756. *res pessumas*, Elend, ein Begriff wie *mala res* Trin. 63.

757. Die erste Silbe von *adfert* (so die Bücher) gehört (s. zu 567) metrisch zum vorhergehenden Verse.

758. *in pectore et corde*, dagegen *in pectore atque in corde* Merc. III 4, 3.

759—763. Die metrische Anordnung rührt von Bergk her.

760. *sic repente*, s. zu 134.

761. *me*, Anticipation.

762. *certius* oder *certum alicui aliquid facere* ist der Umgangssprache ebenso geläufig wie *certiorem aliquem facere*, s. 242. Pseud. II 2, 5. IV 2, 10. IV 6, 35. Curc. V 2, 32.

766. *ita*, näml. *litigare*.

771. Während er die *ferocia* der *dotatae* im Allgemeinen zugibt, nimmt er seine Tochter davon aus. — *commissum* als Substantiv zwar ohne weiteres Beispiel bei Plautus, aber sonst bezeugt, s. Lex. Der Hiatus in der Mitte des bacch. Tetr. wie 968.

773. *uirum uideo*, Allitteration. die Bücher: *tristem uirum uideo*.

776. *saluaen aduenio*, der Dativ steht sehr selten bei diesem Verb, vgl. Liv. XXIV 41, 2 ni *P. Cornelius raptim traducto exercitu Hiberum dubiis sociorum animis in tempore aduenisset*, wo freilich auch eine andere Erklärung zulässig ist.

777. *desistere* nur noch 810 in eigentlicher Bedeutung, da Most. III 2, 100 *restitisti* richtig für das von allen Büchern gebotene *destiti* verbessert scheint.

Néscio quid uos uélitati éstis inter uós duo.
Lóquere, uter meruistis culpam, paúcis: non longós logos.
MA. Núsquam equidem quicquám deliqui: hoc primum te absoluó,
    pater: 780
Vérum uiuere hic non possum néque durare ulló modo:
Proin tu me hinc abdúcas. SE. Quid istuc aútemst? MA. Ludi-
    brió, pater,
Hábeor. SE. Vnde? MA. Ab íllo, quoi me mándauisti, meó uiro.
SE. Écce autem litigium. quotiens tándem *ego* edixi tibi,
Vt caueres, neúter ad me irétis cum querimónia? 785
MA. Qui istuc, mi patér, cauere póssum? SE. Men intérrogas?

* * * * * * *

Nisi non uis. quotiéns monstraui tibi, uiro ut morém geras?
Quid ille faciat, né id obserues, quó eat, quid rerúm gerat.
MA. Át enim ille hinc amát merétricem ex próxumo. SE. Sané
    sapit: 790
Átque ob istanc indústriam etiam fáxo amabit ámplius.
MA. Átque ibi potat. SE. Tuá quidem ille caúsa potabit minus,
Si illic, siue alibi lubebit? quae haéc malum inpudéntiast?
Vna opera prohibére, ad cenam né promittat, póstules,

---

779. *uter meruistis*, s. 1107.1121. Epid. II 2, 78 *dederim uobis consilium catum, quod laudetis uterque*, vgl. *neuter* 785 und *quisquam* Amph. V 1, 19 *neque nostrum quisquam sensimus*, Liv. IX 44 *quia neuter consulum potuerant bello abesse*.

780. *nusquam* i. e. *in nulla re.* — *hoc* (Ablativ) *primum te absoluo*, 'dies sage ich dir gleich vorweg'; *absoluo te* eigtl. 'ich bescheide dich', Epid. III 4, 30 *te absoluam breui*. Most. III 2, 153.

781. *neque durare*, οὐδὲ καρτερεῖν. Amph. III 2, 1 *durare nequeo in aedibus*.

782. *ludibrio habeor*, σκώπτομαι Xen. Mem. III 6, 12.

785. *neuter*, s. zu Capt. 583.

787. Ausgefallen ist nach Ritschl ein Vers ungefähr folgenden Inhalts:

Pól si sapias, sátis tu pro te,
quid opus sit factó, scias.

788. *nisi*, s. zu Trin. 233. *monstraui* i. e. *praecepi*.
789. Vgl. 115.
791. *ob istanc industriam*, weil du ihn so beobachtest und überwachst, s. zu 126. Der Vater ist zuerst geneigt die Beschwerde seiner Tochter, die er wohl als argwöhnisch und eifersüchtig kennt, kurzweg abzuweisen und das Ausschreiten des Schwiegersohnes als eine Folge ihres Spioniersystems darzustellen. Mit *sane sapit* spricht er nicht seine wahre Meinung aus, sondern er will nur der Tochter den Daumen aufs Auge drücken. — *faxo*, ich will dir dafür stehen, s. Trin. 62.

793. *si* — *siue*, s. zu Trin. 183. Beispiele: Merc. II 2, 35. V 4, 33. 58 (wo im ersten Gliede *sei* d. i. *si* statt *seu*, was Plautus im ersten Gliede nicht kennt, zu lesen ist). Rud.III 2, 15.19. III 4, 71. Cistell. III 14. Truc. IV 3, 58 f. Curc. I 1, 4. Stich.III 1, 18. Amph.prol. 69 ff. ib. IV 3, 15 gehen zwei Glieder mit *siue* vorher und vier Glieder mit *si* folgen. — *malum*, s. zu 889 und vgl. Epid. V 2, 44 *quae haec malum ferociast*.

794. *una opera postules*, eben so gut könntest du verlangen, s. zu Trin. 578.

Néue quemquam accípiat alienum ápud se. seruirín tibi 795
Póstulas uirós? dare *illi* una ópera pensum póstules,
Ínter ancillás sedere iúbeas, lanam cárere.
MA. Nón equidem mihi te áduocatum, páter, adduxi, séd uiro:
Hínc stas, illim caúsam dicis. SE. Si ille quid delíquerit,
Múlto tanto illum áccusabo, quám te accusaui, ámplius. 800
Quándo te auratam ét uestitam béne habet, ancillás, penum
Récte praehibet, méliust sanam, múlier, mentem súmere.
MA. Át ille suppilát mihi aurum et pállas ex arcis domo:
Mé despoliát, mea órnamenta clam ád meretrices dégerit.
SE. Mále facit, si istúc facit: si nón facit, tu mále facis, 805
Quae insontem insimulés. MA. Quin etiam núnc habet pallám,
    pater,
Ét spinter, quod ad hánc detulerat: núnc, quia resciui, refert.
SE. Iám ego ex hoc, ut fáctumst, scibo: *adibo* ad hominem atque
    ádloquar.
Dic mi istuc, Menaéchme, quod uos díscertatis, út sciam.
Quíd tu tristis és? quid illa autem ábs te irata déstitit? 810
ME. Quísquis es, quicquid tibi nomen ést, senex: summúm Iouem
Deósque do testis SE. Qua de re aut quóius rei rerum ómnium?
ME. Mé neque isti mále fecisse múlieri, quae me árguit
Hánc domo ab se súrrupuisse   * * *

795. *seruirin* für *seruiren* wie
928 *facilin* für *facilene* in Folge
der Neigung der alten Latinität
kurzes Schluss-e in der Composition mit einem consonantisch anlautenden Worte in *i* umlauten zu lassen. So *illicine isticine* aus *illecene istecene*, *indidem undique* neben *inde unde*, *quippini* neben *quippe*, *tutin* neben *tute*, *usquin* aus *usquene*, ferner *antidhac*, *antidit*, *antistare*. Jedoch leugnet Corssen Aussprache I 271 dieses von Ritschl Rhein. Mus. VII 576 ff. aufgestellte Gesetz und erklärt die angeführten Thatsachen sämmtlich auf andere Weise.
797. *carere*, κείρειν, krämpeln. Das Bild der Hausfrau, wie sie spinnend und webend mit den Mägden im Atrium sitzt (vgl. die Schilderung der Lucretia Liv. I 57), ist echt römisch.
799. *hinc stas* i. e. *a mea parte stas*, pro *illo causam dicis*. — *illim* steht noch Poen. II 7. V 2, 27. 98. Most. II 2, 36, vgl. *istim, exim, utrimque*.
800. *multo tanto*, der zweite Ausdruck steigert den ersteren, ähnlich Bacch. IV 4, 21 *quid malum parum? immo uero nimio nimis multo parum.*
801. *auratam et uestitam*, mit Goldschmuck und Kleidern ausgestattet. Epid. II 2, 39 *sed uestita aurata, ornata ut lepide, ut concinne, ut noue.* Diese beiden Erfordernisse einer feinen römischen Frauentoilette werden stehend verbunden, Aul. III 5, 26 *enim mihi quidem aequomst purpuram atque aurum dari.* Curc. II 8, 65. 69. IV 2, 2 *uestem, aurum*, vgl. Men. 122.
802. *praehibere*, über die Schreibung s. zu Trin. 425.
807. *hanc*, sie zeigt auf die Wohnung der Erotium hin.
809. Das seltene *discertare* vereinigt die Präposition von *dimicare* mit *certare*.
811. *quicquid* wie *quid* bei nomen, s. zu Trin. 889.
812. *testes dare* wie *praedem dare* 589.
814. Die offenbare Lücke ergänzt Ritschl so: *Hanc domo ab*

* * * * * ábstulisse déierat.
Si ego intra aedis húius umquam, ubi hábitat, penetrauí *pedem*,
Ómnium hominum exópto ut flam míserorum misérrumus.
SE. Sánun es, qui istúc exoptes, aút neges te umquám pedem
In eas aedis íntulisse ubi hábitas, insanissume?
ME. Tún, senex, aís habitare méd in illisce aédibus?
SE. Tú negas? ME. Nego hércle uero. SE. Immo hércle ludicr
negas:
Nisi quo nocte hac éxmigrasti. cóncede huc *sis*, fília.
Quid tu ais? num hinc éxmigrastis? MA. Quem in locum aut *quar*
ob rem, óbsecro?
SE. Nón edepol sció. MA. Profecto lúdit te hic. SE. Non té *tenes?*
Iám uero, Menaéchme, satis iocátus es: nunc hánc rem age. 825
ME. Quaéso, quid mihi técumst? unde aut quís tu homo's?
sanán tibi
Méns est aut adeo isti, quae moléstast mihi quoquó modo?
MA. Víden tu illic oculós liuere? ut uíridis exoritúr colos
Éx temporibus átque fronte: ut óculi scintillánt, uide.
* * * * * * * 830
ME. Hei mihi, insaníre me aiunt, últro quom ipsi insániunt.
MA. Vt pandiculans óscitatur. quid nunc faciam, mi pater?
SE. Cóncede huc, mea gnáta, ab istoc quám potest longissume.
ME. Quid mihi meliust quám, quando illi me insanire praédicant,
Égo me *ut* adsimulem ínsanire, ut íllos a me apstérream? 835
Eúoe Bacche: heu, Brómie, quo me in síluam uenatúm uocas!
Aúdio, sed nón abire póssum ab his regiónibus:

se surrupuisse pallam, neque eam umquam antidhac Fuisse illius, quam me sibimet abstulisse deierat.
820. *ais*, s. zu 483.
821. *tu negas*, dieselbe Frage und Antwort Ter. Andr. V 4, 5 f.
— *ludicre*: "Die Pointe beruht auf der Doppeldeutigkeit von *uero*, das im Munde des Menächmus nur zur Betheuerung des *negare* dienen soll, von dem *senex* aber in dem ursprünglichen Sinne von 'in Wahrheit' genommen wird. Daher die Antwort: nein, nicht in Wahrheit, sondern im Scherz leugnest du's. Dazu passt auch die Wiederholung von *hercle*".Vahlen.
828. *illic*, s. zu 304. — *liuere* hat Ritschl hergestellt, noch näher der handschriftlichen Ueberlieferung (*iurere*) kommt das ebenfalls von ihm vorgeschlagene, sonst freilich nicht vorkommende *lurere*,

wozu vgl. Capt. 592 *uiden tu illi maculari corpus totum maculis luridis? — uiridis*, ein Symptom der ausgetretenen Galle, Curc. II 1, 15 *quis hic est homo cum conlatiuo uentre atque oculis herbeis?*
829. *oculi scintillant*, vgl. Capt. 591 *ardent oculi.*
830. Da nach dem folgenden Verse (*aiunt*) vorher gesagt sein muss, dass er wahnsinnig sei, so hat Ritschl hier eine Lücke von einem Verse angenommen.
835. Diesem Entschlusse gemäss macht er im Folgenden convulsivische Bewegungen und bricht dann in offenen tragischen Wahnsinn aus, der sich bis 871 auch durch höheren Schwung des Ausdrucks hervorhebt.
836. *Euoe* u. s. w., Ausrufe der in Feld und Wald umherschwärmenden Bacchanten.

2 86—96 MENAECHMI. 61

illa me ab laeuá rabiosa fémina adseruát canis:
óste autem illic hircus alius, qui saepe aetate in sua
érdidit ciuem innocentem fálso testimónio. 840
E. Vaé capiti tuo. ME. Écce Apollo éx oraclo mi ímperat,
t ego illic oculós exuram lámpadibus ardéntibus.
MA. Périi, mi patér: minatur míhi oculos exúrere.
SE. Filia, heus. MA. Quid ést? quid agimus? SE. Quid, si ego
    huc seruós cito?
Íbo, adducam qui húnc hinc tollant ét domi deuínciant, 845
Príus quam turbarúm quid faciat ámplius. ME. Hem, iám reor,
Ni óccupo aliquod mihi consílium, hí domum me ad se aúferent.
Púgnis me uolás in huius óre quisquam párcere,
Ni iam *ex* meis oculis abscedat máxumam in malám crucem?

838. *femina canis* 'Hündin' wie *musca femina* Truc. II 2, 29 und sonst *porcus femina*, *anguis femina*, *piscis femina* u. a.
839. *poste* hat als alte dem *ante* entsprechende Form für *post* nachgewiesen Ritschl Rhein. Mus. VII 557 ff. und in Stellen von Ennius (Fragm. bei Fest. p. 356) und Plautus (Asin. V 2, 65. Merc. II 3, 36. Stich. II 2, 59. IV 2, 43) hergestellt, mit grosser Wahrscheinlichkeit auch in Anspruch genommen für Most. I 3, 132. Cist. II 1, 149. Stich. II 2, 65. Men. 1090. — *aetate in sua*, s. zu Trin. 24.
842. *illic* wie 828. — *lampadibūs*: die ursprüngliche Länge dieser Endung (die der Endung *bis* in *nobīs uobīs* entspricht) hat kaum noch einen so sicheren Beleg als diesen Vers bei den Komikern, da in Versen wie Pseud. IV 7, 89 *Quíd meret machaéra? Helleborum hisce hóminibus opus ést. Eho* die Endung in *hominibus* eben so gut kurz als lang genommen werden kann, eben so zweifelhaft ist Merc. V 2, 60 *aedibus*, wo Satzschluss und Personenwechsel auch eine Kürze vertragen, desgl. *multigeneribus* Capt. 155. Nimmt man freilich die von manchen Gelehrten aufgestellte, von anderen aber hart angefochtene Regel an, dass bei den Komikern dactylische Wortfüsse auf der letzten Silbe niemals den metrischen Accent tragen, so würden als Cretiker erscheinen: *aedibus* Amph. II 2, 68. III 2, 1. V 1, 28. Most. II 1, 55, *omnibus* Aul. II 8, 8. Rud. IV 3, 36, *auribus* Most. V 1, 69 u. a. Sicher steht jedoch die Länge der Endung in einem der ältesten Saturnier: *Dedét témpestátebús aede méreto.*
844. *heus*, wohl die einzige Stelle, wo diese Partikel dem Namen der gerufenen Person nachsteht. — *cito* i. e. *uoco*.
845. Es ist auffallend, dass der Greis trotz des hier ausgesprochenen Vorsatzes ruhig auf der Bühne bleibt, die ferneren Irrreden des Menächmus mit anhört und dann ohne anzugeben, wesshalb er seinen früheren Plan ändere, zum Arzte eilt.
848. *huius* i. e. *matronae.* — *quicquam*, der sachliche Accusativ nur noch Curc. III 11 *nisi eam* (pecuniam) *parsit, mature esurit.*
849. *maxumam in malam crucem*, so hat Ritschl statt der unplautinischen Lesart der Bücher in *malam magnam crucem* geschrieben. Im Gebrauch sind für unser 'Geh zum Henker, zum Teufel': *abire in crucem* Pers. V2, 73 (855), *ire* oder *abire in malam crucem* (auch ohne *in*) Men. 916. Poen. I 2, 59. II 47. 48. III 1, 8. III 6, 4. V 5, 30. Cas. III 5, 17 (19 Fl.). Curc. V 2, 13. Bacch. IV 8, 61. Rud. I 2, 87. IV 4, 118. Pseud. III

Fáciam quod iubés, Apollo. SE. Fúge domum quantúm potest: 850
Ne hic te obtundat. MA. Fúgio. amabo, ádserua istunc, mí pater,
Né quo hinc abeat. súmne ego mulier mísera, quae illaec aúdio?
ME. Haúd male illanc á me amoui. núnc hunc inpurissumum,
Bárbatum, tremulúm Tithonum, qui cluet Cucinó patre,
Íta mihi imperás, ut ego huius mémbra atque ossa atque ártua 855
Cómminuam illo scípione, quem ípse habet. SE. Dabitúr malum,
Mé quidem si attigeris aut si própius ad me accésseris.
ME. Fáciam quod iubés: securim cápiam ancipitem atque húnc
senem
Ósse tenus doláho *et concidam* ássulatim uíscera.
SE. Énimuero illud praécauendumst átque adcurandúm mihi. 860

2, 51. 57. IV 7, 86. Most. III 2,
163 (850), *ire in maxumam malam
crucem* Poen. I 2, 134. Capt. 466.
Pers.III 1, 24. Cas. III 4, 21. Men.
327. Rud. II 6, 84 (auch ohne *in*),
ire oder *abire in malam rem* Capt.
873. Poen. I 2, 82. IV 2, 51. Pers.
II 4, 17. Ter. Phorm. V 8, 37, ohne
in Eun. III 3, 30, vereinzelt *ire in
malum cruciatum* Pers. IV 4, 25,
fugere in malam crucem Men. 1017.
Poen. III 5, 44, vgl. *adducere in
malam crucem* Curc. V 3, 15. S.
auch zu Trin. 1045.

850. *quantum potest*, zu 432.

852. *illaec audio*, solche Dinge
hören (erleben) muss. Sie geht ab.

853. *impurissumus*, erzgemeiner Kerl, s. 840. So *impurus* häufig in moralischer Beziehung:
Bacch. IV 8, 43. Pseud. I 3, 132.
Pers. III 3, 4, *impuritiae* Pers'. III
3, 7, Aul. II 8, 8, *impuratus* Aul.
II 6, 10. Rud. II 6, 59. III 4, 46.
Für *hunc impurissumum* (nämlich
obtundam) tritt mit anderer Wendung 855 *huius membra* als Object zu *comminuam* ein, s. zu Trin.
116.

854. *tremulus* als ein *senectute
consitus*, bekannt ist Τιθωνοῦ γῆρας. — *Cucino*, plautinisch für
Cygno, da Plautus das erst seit
Ciceros Zeit in der latein. Schreibung griechischer Wörter in Gebrauch gekommene *y* nicht kannte
und die harte Consonantenverbindung *cn* (*gn*) durch Einschiebung
des Schaltvocals *u* oder *i* (s. zu

Trin. 425) erweichte. *cluet*, s. zu
Trin. 309. Die Lesart der Handschriften *cycno prognatum patre*
ist aus der am Rande beigeschriebenen Parallelstelle 406 *Moscho
prognatum patre* entstanden, das
Richtige hat Prisc. VI S. 216 H.
erhalten.

855. *artua*, auch von Non. p. 191
aus dieser Stelle angeführt, wie
cornua, pecua, tonitrua, vgl. Prisc.
VI S. 262. 270 H.

856. *comminuam*, so Bacch. V
1, 33 *nisi mauoltis foris et postis
comminui securibus*, vgl. *dimminuere* 304. — *dabitur malum*, es
wird dir schlecht bekommen, zu
Trin. 1045.

858. *securis anceps* (*ancipes* Rud.
IV 4, 114), wofür Varro bei Non.
79 den eigentlichen Namen *bipennis securis* braucht.

859. Für die oben in den Text
gesetzte Vermuthung Ritschls haben die Bücher: *Osse fini dedolabo
assulatim uiscera*, vielleicht richtig, wenn man vorher den Ausfall
eines Verses annimmt, der das
Verb zu *hunc senem* (z. B. *obtundam*) enthielt. — *osse fini* wie Cat.
R. R. 28, 2 *postea operito terra
radicibus fini* ⸗ *tenus*. — 'uiscera
bedeutet nicht bloss die Eingeweide (*intestina*), sondern Alles,
was nicht Haut oder Knochen oder
Blut ist'. Schoem.zu Cic. de deor.
nat. II 6, 18.

860. Er weicht mehr und mehr
von Menächmus zurück.

ego illum metuo, út minatur, né quid male faxit mihi.
Múlta mihi imperás, Apollo. núnc equos iunctós iubes
ere me indomitós, ferocis, átque in currum inscéndere,
ego hunc proterám leonem uétulum, olentem, edéntulum.
ádstiti in currúm: iam lora téneo, iam stimulum in manu. 865
ite equi, facitóte sonitus úngularum appáreat:
rsu celeri fácite inflexa sit pedum pernicitas.
E. Míhin equis iunctís minare? ME. Écce, Apollo, dénuo
é iubes facere ínpetum in eum, qui *hic* stat, atque occídere.
d quis hic est, qui mé capillo hínc de curru déripit? 870
perium tuóm demutat átque edictum Apóllinis.
SE. Heu, hércle morbum acútum. di, nostrám fidem:

  *   *   *   *   *   *

Vel hic, qui insanit. quám ualuit pauló prius.
Ei dérepente tántus morbus incidit.
Eibo átque arcessam médicum iam quantúm potest. 875
ME. Iamne ísti abierunt quaéso ex conspectú meo,
Qui uí me cogunt, út ualidus insániam?
Quid césso abire ad náuem, dum saluó licet?

  *   *   *   *   *   *   *

861. *illum*, Anticipation.

862. *equi iuncti*, ein Viergespann.

864. *olentem*, stinkend, daher oben *hircus* 839.

865. Die Lesart der Bücher in *manu est* beruht auf dem Irrthum eines Abschreibers, der (wie noch Lambin zu dieser Stelle) *stimulum* für den Nominativ hielt; die Vermuthung *stimulus iam in manust* zerstört die Anapher; *in manu* gehört zu beiden Gliedern, *in manu tenere* steht auch Trin. 914, vgl. Merc. V 2, 90 (931) *Iam in currum inscendi, iam lora in manus cepi meas*.

866. *appareat* i. e. *audiatur*: 'lasst der Hufe Klang erdröhnen'.

867. *inflexa sit pedum pernicitas* = *inflexi sint pedes pernices*.

870. Menächmus stürzt im fingierten Wahnsinn zur Erde, gleich als zöge ihn eine Gottheit hinten am Haar vom Wagen, herab.

871. *Apollinis* neben *tuom* ist ein ziemlich harter Uebergang von der zweiten zur dritten Person.

872. Mit der an die Tragödie streifenden pathetischen Erhebung des vorigen Abschnitts der Scene scharf contrastierend tritt nun, nachdem der Wahnsinnige zur Ruhe gekommen ist, die ruhige Betrachtung mit den leicht fliessenden Senaren ein.

873. Es ist der allgemeine Gedanke ausgefallen, zu dem mit dem folg. *uel* Menächmus als das nächstliegende Beispiel angeführt wird, so *uel* 1042. Merc. II 1, 3. Ter. Hec. I 1, 3 *uel hic Pamphilus iurabat quotiens Bacchidi*.

877. *ualidus* ist eine in den dialogischen Versmassen des Plautus unerhörte Betonung; schrieb der Dichter *ualens?*

879. Ausgefallen ist nach Ritschl etwa: *Facesso hercle ex his turbis iam quantum potest*.

Vosque ómnis quaeso, si senex reuénerit, 880
Ne me indicetis, quá platea hinc aufúgerim.

ACTVS V.

SENEX.

Lumbí sedendo *mi*, óculi spectandó dolent,
Manéndo medicum, dúm se ex opere récipiat.
Odiósus tandem uix ab aegrotis uenit.
Ait se óbligasse crús fractum Aesculápio, 885
Apóllini autem bráchium. nunc cógito,
Vtrúm me dicam médicum ducere án fabrum.
Atque éccum incedit. móue formicinúm gradum.

MEDICVS. SENEX.

ME. Quid illi ésse morbi díxeras? narrá, senex.
Num láruatust aút cerrítus? fác sciam. 890
Num eúm ueternus aút aqua intercús tenet?
SE. Quin eá te causa dúco, ut id dicás mihi
Atque illum ut sanum fácias. ME. Perfacile id quidemst.

880. *uos*, Apostrophe an die Zuschauer wie Mil. III 2, 48 *ne dixeritis opsecro huic uostram fidem*, ib. IV 3, 38 (1131). Amph. III 4, 15. Poen. III 1, 47 ff. Most. 708 ff. und wie deren auch Aristophanes häufig in seinen Stücken angebracht hat.
881. *ne me indicetis* ist nach dem zu Trin. 373 bemerkten s. v. a. *ne indicetis qua ego platea aufugerim* (Anticipation).
882. Wenn auch der Hiatus sich vielleicht durch Berufung auf 473 vertheidigen liesse, so ist zu *dolere* das von Ritschl eingesetzte *mi* kaum zu entbehren.
883. *manendo* i. e. *dum maneo*, also anderer Art als die causalen Ablative *sedendo* und *spectando*. Truc. V 24 *ita miser cubando in lecto hic exspectando obdurui*. Ter.
Andr. V 4, 35 *animus commotust metu spe gaudio, mirando hoc tanto tam repentino bono*, wo Donat *dum miror* erklärt. — *dum se ex opere recipiat*, bis er von der Praxis zurückkommt.
885. Unter den Aerzten in Rom, meist eingewanderten Griechen (nach Plin. H. N. XXIX 1, 6 kam der erste griechische Arzt im J. d. St. 535 aus dem Peloponnes nach Rom) mochten sich viel Charlatané finden; daher geisselt hier Plautus den Arzt ebenso als *multilocum gloriosum insulsum inutilem* wie sonst die Köche (Pseud. III 2).
888. *incedit*, der alte Herr ist dem Arzte vorausgeeilt.
889. *moue*, nicht Anrede an den Arzt, sondern der Alte spricht für sich.
890. *laruatus*, s. zu Capt. 595.

Quin sóspitabo plús sescentos in die.
SE. Magná cum cura ego íllum curari uolo. 895
ME. Sanúm futurum, méa ego id promittó fide:
Ita illúm cum cura mágna curabó tibi.
SE. Atque éccum ipsum hominem. ME. Ópseruemus, quám rem
  agat.

MENAECHMVS I. SENEX. MEDICVS.

ME. Édepol ne hic diés peruorsus átque aduorsus mi óptigit:
Quaé me clam ratús sum facere, ómnia ea fecit palam 900
Párasitus, qui mé conpleuit flágiti et formídinis,
Méus Vlixes, suó qui regi tántum conciuit mali:
Quém ego homonem, si quidem uiuo, uita iam euoluám sua.
Séd ego stultus súm, qui illius ésse dico, quaé meast:
Meó cibo et sumptu educatust: ánima priuabó uirum, 905
Cóndigne autem haec méretrix fecit, út mos est meretricius:
Quia rogo pallam, út referatur rúrsum ad uxorém meam,
Mihi se ait dedísse. heu, edepol né ego homo uiuó miser.

---

894. *sescentos in die*, gewöhnlich steht *in die*, in anno nach einem multiplicativen Zahladverb wie Mil. III 2, 41 *ea saepe deciens conplebatur in die*. Stich. III 2, 45 *quaene eapse deciens in die mutat locum*. Bacch. V 2, 9 (1127) *rerin ter in anno has ouis tonsitari*. Cic. Rosc. Am. 46 § 133 *unde uix ter in anno nuntium audire possunt*. Tusc. V 35, 100 *bis in die saturum fieri*. Doch wie bier auch Liv. XXXIX 13 *tres in anno statos dies habuisse*.
895. Der Alte fürchtet, dass bei so vielen Patienten seinem Schwiegersohne nur eine flüchtige Behandlung zu Theil werden möge.
901. *complere* mit dem Genetiv wie Amph. I 2, 8 *erroris ambo ego illos et dementiae complebo*, ib. IV 1, 8 *quis fuerit quem propter corpus suom stupri compleuerit*. Aul. III 3, 6 *impleuisti fusti fissorum caput*, ib. III 6, 16 *omnis angulos furum impleuisti mihi*. Merc. IV 4, 55. Daher auch Stich. I 1, 18 *haec res uitae me saturant*, Rud. I 4, 27 *me omnium iam laborum le-*

uas, ib. II 3, 19 *orbus omniique optumque*.
902. *meus Vlixes*: 'quo utebar consiliario et administro in meis rebus difficilibus, ut Agamemno rex Vlixe'. Lamb. — *suo regi*, s. zu Capt. 90.
903. *homonem*, s. zu 82. Statt des von Ritschl ergänzten *iam* vermuthet Bergk: *ui uita euoluám sua*.
904. *illius esse* näml. *uitam*.
905. *educatust*, s. zu 98. — *anima* bezeichnet die Seele von ihrer materiellen Seite: die Lebensluft, der Odem. Cic. de deor. nat. II 54, 134 *tribus rebus animantium uita tenetur, cibo, potione, spiritu*.
906. *condigne*, s. zu Capt. 103.
908. *edepol ne*: 'Das Selbstgespräch beginnt mit einem durch *ne* eingeleiteten versichernden Ausrufe, lässt hierauf die ausführliche Begründung desselben folgen und schliesst zuletzt wieder mit einem dem anfänglichen ähnlichen Ausrufe'. Fleck., über den Hiatus nach *heu*s. zu Capt. 144.

SE. Aúdin quae loquitúr? MED. Se miserum praédicat. SE. Adeás
uelim.
MED. Sáluos sis, Menaéchme. quaeso, cúr apertas bráchium? 910
Nón tu scis, quantum ísti morbo núnc tuo faciás mali?
ME. Quín tu te suspéndis? SE. Ecquid séntis? MED. Quid ni
séntiam?
Nón potest haec rés ellebori únguine optinérier.
Séd quid ais, Menaéchme? ME. Quid uis? MED. Díc mihi hoc quod
té rogo:
Álbum an atrum uínum potas? ME. Quíd tibi quaesitóst opus? 915
MED.   *   *   *   *   ME. Quín tu is
in malám crucem?
SE. Iam hércle occeptat ínsanire prímulum. ME. Quin tú rogas,
Púrpureum panem án puniceum sóleam ego esse an lúteum?
Sólcamne esse auís squamossas, píscis pennatós? SE. Papae,
Aúdin tu, ut deliramenta lóquitur? quid cessás dare 920
Pótionis áliquid, prius quam pércipit insánia?
MED. Máne modo: etiam pércontabor ália. SE. Occidis fábulans.

909. 'Die Sitte des Plautus verlangt, dass Menächmus das Auftreten seines Schwiegervaters und des Arztes (dass er diese kannte, geht aus 957 hervor) bemerklich gemacht hätte, die Situation aber brachte es mit sich, seine Verwunderung darüber zu äussern, dass der Alte in Begleitung des Arztes gekommen. Vor 909 also müssen wohl einige Verse ausgefallen sein'. Ladewig.
910. *apertas brachium*, wahrscheinlich hatte Menächmus unwillkürlich in der Aufregung das Pallium aufgestreift und den einen Unterarm entblösst.
912. *quin tu te suspendis?* eine grobe Abweisung wie die ähnliche 916 *quin tu is in malam crucem?* Die Bissigkeit des Menächmus ist der natürliche Ausfluss seiner durch die erlebten Verdriesslichkeiten (899 — 908) im höchsten Grade gereizten Stimmung, während sie dem Alten und dem Arzte unmotiviert und als Beweis der Geistesstörung erscheinen musste, daher im Folg. *ecquid sentis?* ett.
913. Sinn: es bedarf stärkerer Mittel als einer Salbe (*unguen*) von Nieswurz (womit man den Wahnsinn curierte, s. Hor. Sat. II 3, 82. Epist. II 3, 300). *haec res*, die Heilung der Krankheit.
914. *quid ais*, s. zu Trin. 193.
915. *album an atrum*, so unterschied man die Weine, wie wir weiss und roth, obwohl die Farbe der südlichen Weine meist dunkelroth (*atrum*) ist.
916. Ausgefallen ist nach Ritschl etwa: *Magni refert qui colos sit.*
918. *purpureum*, dunkelroth, *puniceus*, hellroth, *lūteum*, saffrangelb.
919. *squamossas*, über *ss* (so B) s. zu Trin. 1077.
920. *deliramenta loqui*, s. zu Capt. 595.
921. *percipit*, seltnes Beispiel der ursprünglichen Länge des *i* vor dem *t* der dritten Pers. Sing. Indic. Präs. Act. der consonantischen Conjugation, so ponït Enn. Ann. 484 Vahl. Mehr bei Corssen Ausspr. I 353. In *percipit* liegt der Gegensatz zu *primulum* 917.
922. *occidis fabulans*, du bringst mich (nicht ihn) um mit deinem Geschwätz. Dem Alten, dem der Wahnsinn des Schwiegersohnes unzweifelhaft ist, scheint das ärztliche Examen überflüssig, daher

MED. Díc mihi hoc; solént tibi umquam óculi duri fieri?
ME. Quid? tu me lucústam censes ésse, homo ignauissume?
MED. Díc mihi, en umquam íntestina tíbi crepant, quod séntias? 925
ME. Vbi satur sum, núlla crepitant: quándo esurio, túm crepant.
MED. Hóc quidem edepol haú pro insano uérbum respondít mihi.
Pérdormiscin tu úsque ad lucem? fácilin tu *obdormís* cubans?
ME. Pérdormisco [si   *   *   *   *   *:
Óbdormisco] si resolui árgentum, quoi débeo.   930
MED.   *   *   *   *   *   *   *
  *   *   *   *   *   *   *   *
ME. Quí te Iuppitér dique omnes, pércontator, pérduint.
MED. Núnc homo insaníre occeptat. de íllis uerbis cáue tibi.
SE. Immo melior núnc quidemst de uérbis, prae ut dudúm fuit: 935
Nám dudum uxorém suam esse aiébat rabiosám canem.
ME. Quíd ego dixi? SE. Insánisti, inquam. ME. Égone? SE. Tu
           istic, qui mihi

schon vorher *quid cessas dare potionis aliquid*, noch stärker äussert sich seine Ungeduld 946. Ueber *occidis* vgl. Pseud. IV 1, 21 (931) *occidis me, quom istuc rogas.* Aul. II 1, 27. Me. *ita di faxint.* Eu. *uolo te uxorem domum ducere.* Me. *Hei, occidis.* Eu. *quid ita?* wo statt der gewöhnlichen Lesart *occidi* ebenfalls *occidis* mit gedachtem *me* zu schreiben ist. In demselben Sinne nur etwas schwächer ist auch *enicas* sehr häufig, z. B. Truc. I 2, 21 (121 Gep.) Cas. II 3, 17. Pers. I 1, 49. IV 3, 15. Rud. IV 3, 7. Poen. V 4, 98. Merc. I 2, 45 (157). II 4, 25. V 2, 75 (915); die schwächste Wendung, deren sich der Ennuyierte bedient, ist: *molestus (mihi) es* Most. IV 2, 39. Rud. IV 7, 28, ' lass mich in Ruhe'.
923. *duri*, starre, stier vor sich hinblickende Augen.
924. Plin. H. N. XI 37, 55 *locustis squillisque magna ex parte sub eodem munimento praeduri eminent (oculi).* Die Schreibart *lucusta* ist hier durch die besten Handschriften bezeugt wie *rutundus* bei Lucret. Varro Cic., s. Lachm. zu Lucr. p. 96.
925. *cn umquam*, s. zu 146. Vgl. Cas. IV 3, 6 *mihi inanitate iam dudum intestina murmurant*, wir: der Magen knurrt mir.
926. *nulla*, s. zu Trin. 606.

828. *facilin*, s. zu 795.
929. Den Ausfall hat Ritschl vermuthungsweise ergänzt:

    Perdormisco si me flore satis
      compleui Liberi:
    Obdormisco si resolui argentum etc.

931. Auch hier ist mit Ritschl ein Ausfall von zwei Versen anzunehmen, von denen der eine ähnlichen Inhalts gewesen sein muss wie 927, der andere eine neue Frage des Arztes an den Menächmus enthielt.
934. *de illis uerbis caue tibi* zum *senex* gesprochen, vgl. 266 *iam aps te metuo de uerbis tuis,* wo de s. v. a. *secundum* ist.
935. *melior* 'vernünftiger' im Gegensatz zu *insanire occeptat.* Statt *melior* haben die Handschriften *nestor*, worin man gern mit A. Spengel *Nestor* finden möchte, wenn nur Menächmus vorher (933) etwas wie Nestor gesprochen hätte oder Nestor überhaupt als Gegensatz zu einem Verrückten denkbar wäre. — *nunc* bezieht sich, wie das dazu im Gegensatz stehende *dudum* zeigt, auf das ganze ärztliche Verhör, in dem sich Menächmus allerdings besser gemacht hatte als in der grossen Wahnsinnsscene.

5*

Étiam me iunctis quadrigis minitatu's prostérnere.
ME. *   *   *   *   *   *   *
SE. Égomet haec te uídi facere: égomet haece te árguo. 940
ME. Át ego te sacrám coronam súrrupuisse Ióuis *scio*:
Ét ob eam rem in cárcerem ted ésse conpactúm scio:
Ét postquam es emíssus, caesum uírgis sub furcá scio:
Túm patrem occidísse et matrem uéndidisse etiám scio.
Sátin haec pro sanó male dicta mále dictis respóndeo? 945
SE. Óbsecro hercle, médice, propere, quídquid facturú's, face.
Nón uides hominem insaníre? MED. Scín quid facias óptumumst?
Ád me face uti déferatur. SE. Ítane censes? MED. Quíppini?
Íbi meo arbitrátu potero cúrare hominem. SE. Age, út lubet.
MED. Hélleborum potábis faxo áliquos uigintí dies. 950
ME. Át ego te pendéntem fodiam stimulis trigintá dies.
MED. I, árcesse homines, qui illunc ad me déferant. SE. Quot
 súnt satis?
MED. Proínde ut insaníre uideo, quáttuor, nihiló minus.
SE. Iam híc erunt. adsérua tu istunc, médice. MED. Immo ibó
 domum,
Vt parentur, quibus paratis ópus est. tuos seruós iube 955
Húnc ad me ferant. SE. Iam ego illic fáxo erit. MED. Abeó. SE. Vale.
ME. Ábiit socerus, ábiit medicus: sólus sum. pro Iúppiter,
Quíd illuc est, quod híce me homines insanire praédicant?

939. Hier ist die Antwort des Menächmus ausgefallen.
941. Vgl. Trin. 83 ff.
943. 'Die *furca*, deren Tragen eine sehr häufige Strafe der Sklaven war, hatte ungefähr die Form einer V und wurde über den Nacken auf die Schultern gelegt, während die Hände an ihren beiden Schenkeln festgebunden wurden'. Becker.
945. pro *sano*, dass er bei voller Besinnung sei, ergebe sich, meint er, genugsam daraus, dass er in Bezug auf *maledicta* nichts schuldig bleibe.
947. *quid optumumst facias*, so steht *optumumst* mit dem Conjunctiv auch Asin. II 4, 42 *nunc adeam optumumst*. Aul. III 6, 31 *tum tu idem optumumst loces efferundum*. Rud. II 3, 46 *capillum promittam optumumst occipiamque ariolari*. Epid. I 1, 57 *sed taceam optumumst*; ebenso construiert *decretumst* Poen. II 53, *iustumst* Bacch. IV 9, 72 u. a.

950. *aliquos uiginti dies*, vgl. Truc. IV 4, 19 *immo amabo ut hos dies aliquos sinas eum esse apud me*, über das fehlende *hos* s. zu 104.
951. *pendentem*, s. zu Trin. 247, *stimulis*, zu Capt. 654.
955. *tuos seruos iube ferant* mit Anticipation für *iube serui tui ferant*, der Conjunctiv nach *iubere* aber ist mit oder ohne *ut* häufig in der Umgangssprache: Pseud. IV 7, 51 *hoc tibi erus me iussit ferre quod deberet atque ut mecum mitteres Phoenicium*. Amph. I 1, 50 *Teleboi iubet sententiam ut dicant suam*. Most. III 3, 26 *curriculo iube in urbem ueniat*. Rud. III 4, 3 *iube modo accedat prope*. Ter. Eun. IV 4, 24 *iube mi denuo respondeat*.
956. *uale*, beide gehen nach verschiedenen Seiten ab.
958. *hice me*, vielleicht *hisce me*, (zu Trin. 877) oder da die Handschriften *me hic* haben: *me hisce homones*.

Nam équidem, postquam gnátus sum, numquam aégrotaui unúm
diem.
Néque ego insanió neque pugnas égo nec litis coépio. 960
Sáluos saluos álios uideo: nóui homones, ádloquor.
Án illi, perperam insanire *qui* áiunt me, ipsi insániunt?
Quid ego nunc faciám? domum ire cúpio: *at* uxor nón sinit;
Húc autem nemo intro mittit. nimis prouentumst néquiter.
Hic ero usque: ad nóctem saltem, crédo, intro mittár domum. 965

MESSENIO. (MENAECHMVS I.)

Spectámen bonó seruo id ést, qui rem erilem,
Procúrat, uidét, collocát, cogitátque,
Vt ábsente eró rem erí diligénter
Tutétur, quam si ípse adsit, aút rectiús.
Tergúm quam gulám, crura quám uentrem opórtet 970
Potióra esse, quoi cor modéste sitúmst.

960. *coepio*, vgl. *coepere* Pers. I
3, 41, *coepiat* Truc. II 1, 21 (233
Gep.), *coeperet* Ter. Adel. III 3,
43, *coepiam* Lucil. bei Non. p. 89.
961. *Saluōs saluōs alios*, die
Quantität der Endung unterschied
für den Hörer den Nominativ Sing.
vom Accusativ Plur.
964. *huc*, auf das Haus der Erotium zeigend. — *nimis prouentumst nequiter*, es ist mir gar zu
hundsföttisch ergangen, öfter persönlich wie Rud. III 7, 57 *edepol
proueni nequiter multis modis*,
Stich. II 2, 73 (398) *prouenisti
futtile*. Truc. II 4, 34 (384 Gep.)
quom bene prouenisti, gaudeo, ib.
II 6, 35 (512 Gep.) *quom tu recte
prouenisti, gratulor*. Aehnlich Ter.
Adel. V 9, 22 *Syre, processisti hodie pulcre*.
966. Canticum und Selbstgespräch des Messenio, der dem 434
erhaltenen Auftrage gemäss seinen Herrn abzuholen kommt und
bei dieser Gelegenheit Betrachtungen über die Eigenschaften
und Pflichten eines guten Dieners
anstellt, vgl. Aul. IV 1. Most. IV
1 und als Gegenstück Bacch. IV 4
und IV 9. Menächmus steht inzwischen als stumme Person auf
der Bühne, aber so fern von Messenio, dass sie einander nicht sehen. Die Rhythmen sind theils
baccheisch, theils iambisch. —
spectamen, ein Prüfstein; *bono
seruo* ist durch den folgenden
Relativsatz des weiteren characterisiert, der Inhalt des *id* wird
durch *ut .. tutetur* dargelegt.
967. *collocat*, zurechtlegt, ordnet. Wie hier mit *que*, ist Capt.
130 das vierte Verbalglied mit *et*
verbunden.
968. Der Hiatus in der Cäsur
wie 771.
969. Das demonstrative *tam* ist
vor *quam* ausgelassen.
970. Sinn: Rücken und Schenkel müssen ihm wichtiger sein als
Kehle und Bauch, insofern er
mehr die ersteren vor *uerbera* und
compedes (976) zu sichern als den
letzteren zu fröhnen bedacht sein
soll.
971. *potiora ei quoi cor modeste
situmst* (διάκειται), 'dessen Herzenswünsche, Triebe massvoll
sind'; Th. Bergk aber hat wohl
Recht, wenn er *modeste situmst*
für kaum lateinisch hält und *modeste modestumst* (mit acat. Verse)
vorschlägt mit Vergleichung der
zu Capt. 437 angeführten echtplautinischen Verbindungen.

Recórdetur íd,
Qui níhili sunt, quid ís preti
Detúr ab suis erís,
Ignáuis, improbís uiris. 975
Verbéra, compedés,
Molaé, lassitúdo, famés, frigus dúrum:
Haec prétia sunt ignáuiae. id égo malum male métuo.
[*Proptérea bonum esse cértumst potius quám malum.*]
Magis múlto patior fácilius ego uérba, uerbera ódi: 980
Nimióque edo lubéntius molitúm quam molitum praehíbeo.
Proptérea eri imperium éxsequor, bene ét sedate séruo id:
Eóque exemplo séruio, tergo ín rem ut arbitro ésse.
Atque íd mihí prodest. álii, ut esse in suám rem ducunt, íta sint:
Ego íta ero, ut me esse opórtet. id *si* adhíbeam, culpam
   abstíneam, 985
Eró *meo* ut omnibus ín locis sim praésto, metuam haud múltum.
Propést, quando haec *mea meus* erus ob fácta pretium exsóluet.
Postquam ín tabernam uása et seruos cónlocaui, ut iússerat,
Ita uénio aduorsum. núnc foris pultábo, adesse ut mé sciat,
Meúmque erum ex hoc sáltu damni sáluom ut educám foras. 990
Séd metuo ne séro ueniam dépugnato proélio.

972. Dieselbe Versart Bacch. 659—661.
975. *ignauis, improbis uiris* kann zwar ein an falsche Stelle versetztes Interpretament zu *qui nihili sunt* (die nichts taugen) sein, ist aber als zu *is* (i. e. *eis* s. zu Trin. 17) nachträglich gesetzte Apposition (wie *litium pleni uiri* 578) an und für sich ohne Anstoss und verhält sich zu *qui nihili sunt* grade so wie der Relativsatz 966 zu *bono seruo*; eine missverständliche Beziehung auf *ab suis eris* war nicht zu fürchten.
977. *molae* i. e. *pistrini*, der Stampfmühle, wo die Sklaven schwere Strafarbeit verrichten mussten.
979. '*uix Plautinus, uel hoc certe loco non Plautinus*'. Ritschl. Es scheint eine beigeschriebene Parallelstelle zu sein und war wohl an seiner Stelle (*bonum uirum esse*) ein troch. Septenar, während er in den Büchern offenbar einen Senar bilden soll.
980. *magis facilius*, s. zu Capt. 640. — *uerba uerbera*, Wortspiel.

981. *quam molitum praehibeo*, als dass ich selbst Gemahlenes liefere d. i. selbst in der Stampfmühle mahle.
983. *tergo*, vielleicht richtiger *tergi*, s. zu Trin. 629.
985. *abstinere* mit dem Accusativ auch Rud. II 4, 11 *potin ut me abstineas manum?* Ter. Heaut. II 3, 131 *inuersa uerba, euersas ceruicis tuas, gemitus, screatus, tussis, risus abstine*, ib. III 3, 4 *qui non abstineas manum*. Dagegen Men. 768 *abstinent culpa*.
986. *ut*, so dass.
987. *pretium, libertatem*.
988. *iusserat*, s. 433.
989. *uenio aduorsum*, s. zu 434.
990. *saltus damni* wie Most. II 1, 5 *mons maxumus mali maeroris*. Merc. III 4, 33 (618) *montes mali ardentes*, ib. 56 (641) *thensaurus mali*. Epid. I 1, 81 *in te irruont montes mali*.
991. Der trochäische Schlussvers leitet zu den Trochäen der folgenden Scene hinüber. — *depugnare proelium* nach Analogie von *pugnam pugnare*, s. zu Trin. 302.

MENAECHMI.

SENEX. MENAECHMVS I. LORARII. MESSENIO.

SE. Pér ego uobis deós atque homines dico, ut imperiúm meum
Sápienter habeátis curae, quae ímpcraui atque ímpero.
Fácite illic homo iam in medicinam ablátus sublimís siet,
Nisi quidem uos uóstra crura aut látera nihili pénditis. 995
Cáue quisquam, quod illic minitetur, uóstrum flocci fécerit.
Quid státis? quid dubitátis? iam sublimem raptum opórtuit.
Ego íbo ad medicum: praésto ero illi, quóm uenietis. ME. Óccidi.
Quid hoc ést negoti? quid illic homines ád me currunt, ópsecro?
Quid uóltis uos? quid quaéritatis? quid me circumsístitis? 1000
Quo rápitis me? quo fértis me? perii. ópsecro uostrám fidem,
Epidámnienses súbuenite ciues. quin me mittitis?
MES. Pro di immortales, óbsecro, quid ego óculis aspició meis?
Erúm meum indignissume nescio qui sublimém ferunt.
ME. Ecquis suppetias mi aúdet ferre? MES. Égo, ere, *atque* auda-
 císsume. 1005
O fácinus indignum ét malum,
Epidámnii ciués, erum meum hic in pacato óppido
Luci derupier in uia, qui liber ad uos uénerit.
Míttite istunc. ME. Óbsecro te, quisqui's, operam mi út duis,
Neú sinas in me insignite fieri tantam iniúriam. 1010
MES. Ímmo operam dabo ét defendam et súbuenibo sédulo.
Númquam te patiár perire: mé perirest aéquius.

---

992. Anrede des *senex* an die mitgebrachten Sklaven. *Per ego uobis deos*: die Zusammenstellung der Pronomina zwischen die Präposition *per* und deren Casus ist stehende Wortstellung bei Beschwörungen. Bacch. IV 8, 64 *per te, ere, obsecro, deos immortales*. Ter. Andr. III 3, 6 *per te ego deos oro*. V 1, 15 *per ego te deos oro*. — *imperium, quae imperaui*, s. zu 242.
994. *medicina* i. e. *taberna medici*, ἰατρεῖον, die Offizin oder Klinik des Arztes.
995. *crura*, die sonst Fussfesseln bekommen, *latera*, die sonst *lorea* (Mil. II 2, 2 d. i. *loris uaria*) werden würden, vgl. die ähnliche Drohung Pseud. I 2, 10 ff.
996. *caue* für *cauete*, wie oft *age* statt *agite*. Poen. prol. 117 *caue dirumpatis*; Mil. I 1, 78 *age eamus ergo*; ib. III 3, 54 *age igitur intro abite*.

999. *currunt* und im Folg. *cumsistitis rapitis fertis* schildern die Action der Sklaven.
1005. *atque*, s. zu Capt. 352; vielleicht ist *ego uero audacissume* zu schreiben.
1008. *luci = luce*, Merc. II 1, 31, s. zu Capt. 803; in dieser Form auch Masculinum, *cum primo luci* Cist. II 1, 49. Ter. Adel. V 3, 55, *luci claro* Aul. IV 10, 18. — *derupier = deripier* wie *subrupio* s. zu Trin. 83.
1010. *insignite*, beispiellos, unerhört. Mil. II 6, 77 *eam fieri apud me tam insignite iniuriam* und in derselben Redensart Rud. III 2, 29. Cas. V 4, 31. Poen. III 6, 14; *insignite inique* Rud. IV 4, 53 wie Cic. Quint. 23, 73 *insignite improbus*.
1012. *numquam* hat wie unser nimmermehr den Begriff der Zeit fast ganz aufgegeben und die

Éripe oculum istic, ab umero qui tenet te, ere, óbsecro.
Hiscc ego iam seméntem in ore fáciam pugnosque óbseram.
Máxumo malo hércle uostro hodie istunc fertis. mittite.   1015
ME. Téneo ego huic oculúm. MES. Face ut oculi lócus in capite
  appáreat.
Vós scelestos, uós rapacis, uós praedones. LO. Périimus.
Óbsecro hercle. MES. Mittite ergo. ME. Quid me uobis táctiosi?
Pécte pugnis. MES. Ágite abite: fúgite hinc in malám crucem.
Én tibi etiam: quia postremus cédis, hoc praemí feres. * 1020
Nimis bene ora cómmetaui atque éx mea senténtia.
Édepol, ere, ne tibi suppetias témperi adueni modo.
ME. Át tibi di sempér, aduloscens, quisquis es, faciánt bene.
Nam ábsque te esset, hódie numquam ad sólem occasum uiuefem.
MES. Érgo edepol, si récte facias, ére, med emittás manu.   1025
ME. Líberem ego te? MES. Vérum: quandoquidem, ére, te ser-
  uaui. ME. Quid est?
Adulescens, errás. MES. Quid erro? ME. Pér Iouem adiuró patrem,

Bedeutung einer mit starkem Pathos verbundenen Negation angenommen, s. 1024. Rud. III 1, 20 numquam hodie quiui ad conieeturam euadere. Amph. II 2, 68 numquam factumst, vgl. haud umquam 201; daher Don. zu Ter. Andr. II 3, 10 'numquam plus habet negationis quam non'.
1013. istic = istice, s. zu 304; te gehört an tenet, nicht zu obsecro, das meist nach Art einer Interjection mit abgeschwächter Bedeutung ohne Object steht wie 999. 1003, wenn es nicht als regierendes Verb einen vollen Satz von sich abhängen lässt wie 1009.
1014. Vgl. Rud. III 4, 58 iam tibi hercle in orc messis fiet mergis pugneis.
1015. maxumo malo, Dativ wie Amph. I 1, 165 olet homo quidam malo suo, ib. 210 ne tu istic hodie malo tuo adueniati. Cas. II 8, 53 malo hercle uostro tam uorsuti uiuitis. Rud. III 4, 70. Daneben cum male suo (tuo) und cum magno malo suo (tuo) Asin. I 2, 4. V 2, 47. 59. Aul. III 2, 11. Bacch. III 4, 4. Cas. III 3, 13. Rud. III 2, 42.
1016. Wir: den hier hab' ich am Auge. — oculi locus, die Augenhöhle statt des Auges; er wiederholt die Aufforderung von 1013.

1018. obsecro hercle, sie bitten um Schonung; tactio, s. zu Trin. 709.
1019. peote, s. zu Capt. 892.
1020. cedere hier nicht s. v. a. incedere wie Asin. II 3, 25. Merc. III 4, 15. Poen. III 1, 74. Bacch. IV 9, 146. Aul. III 5, 43. 52. Pseud. I 3, 74. IV 1, 45. Cas. II 8, 10 und noch Hor. Sat. II 1, 65, sondern in seiner eigtl. Bedeutung s. v. a. decedere und fast gleich fugere. Messenio wischt dem zuletzt Entweichenden noch eins aus.
1021. commetaui, nur hier als Compositum von metari (wofür auch metare im Gebrauch war) in der Bedeutung: ich habe ihre Gesichter durchmessen (mit meinen Fäusten 1014) d. i. meine Fäuste auf ihren Gesichtern herumtanzen lassen.
1022. suppetias adueni, diese eigenthümliche Structur hat Plautus nur hier, der Verf. des bellum Afric. aber, der ältere Ausdrucksformen liebt, braucht suppetias uenire, proficisci und ire mehrmals.
1024. absque, s. zu Trin. 832.
1025. uerum ist in Antworten nicht häufig. Ter. Heaut. V 3, 11. Eun. II 3, 55.
1027. quid erro? inwiefern bin ich im Irrthum?

Méd erum tuóm non esse. MES. Nón taces? ME. Non méntior:
Néc meus seruos númquam tale fécit quale tú mihi.
MES. Síc sine igitur, si negas tuom me ésse, abire líberum. 1030
ME. Meá quidem hercle caúsa liber ésto atque ito quó uoles.
MES. Némpe iubes? ME. Iubeo hércle, si quid imperist in té mihi.
MES. Sálue, mi patróne. quom tu líberas me sério,
Gaúdeo. ME. Credo hércle uero. MES. Séd, patrone, te óbsecro,
Né minus *nunc* ímperes mihi, quám quom tuos seruós fui. 1035
Ápud ted habitabo et, quando ibis, úna tecum ibó domum.
Máne me: nunc ibo ín tabernam, uása atque argentúm tibi
Réferam. rectest óbsignatum in uidulo marsúppium
Cúm uiatico: íd tibi iam huc ádferam. ME. Adfer strénue.
MES. Sálnom tibi item, ut mihi dedisti, réddibo: *tu* hic mé
                    mane 1040
ME. Nímia mira mihi quidem hodie exórta sunt mirís modis.
Álii me negánt eum esse qui sum, atque excludúnt foras:
[*Alii me esse aiúnt qui non sum, ac séruos se esse meús uolunt:*]
Vél ille qui se pétere argentum ait, quem égo modo emisí manu.
Ís ait se mihi állaturum cum árgento marsúppium. 1045

1028. *non taces?* d. i. schweig doch und suche nicht erst Ausflüchte.
1029. *numquam* (so B, die übrigen Bücher *umquam*), über die doppelte Negation s. zu 370.
1032. *in te*, vgl. Pers. III 1, 15 *meum opino imperiumst in te, non in me tibi.* Mil. III 1, 17 *facile est imperium in bonos.*
1033. In den Handschriften steht: *Quom tu liber es, Messenio, gaudeo. credo hercle uobis*, was man so erklären wollte, als hätten andere Sklaven den gewöhnlichen Glückwunsch (s. zu 1150) bei Freilassungen ausgesprochen und sich Messenio mit *credo hercle uobis* bedankt; aber es waren eben andre Sklaven nicht zugegen. Die Ueberlieferung liesse sich nur so halten, dass man annähme, Messenio, trunken von dem unverhofften Glück der geschenkten Freiheit, fingierte die Anwesenheit von Zeugen und spräche selbst den üblichen Glückwunsch sammt Danksagung aus. Aehnlich Charinus Merc. V 2, 107 ff.
1035. Die Einsetzung von *nunc* (Ritschl) ist sowohl des Gegensatzes wegen fast nothwendig als auch wäre ohne dasselbe der Bau des Verses kaum erträglich.
1038. *marsuppium cum uiatico*, die Tasche mit dem Reisegelde d. h. worin das Reisegeld ist.
1039. *tibi* ist hier Jambus wie öfter in diesem Stück: 302. 322. 436. 490. 1082. 1109.
1040. *reddYbo* für *reddam* führt Nou. p. 476 aus Cas. I 41 und dieser Stelle an; ausserdem findet sich diese Form in einem von Prisc. VI p. 224. 226 H. angeführten Fragment der *Vidularia*. Wahrscheinlich hat das Simplex *dabo* diese ungewöhnliche Futurbildung veranlasst.
1041. *nimia mira* 'gar zu grosse Wunderdinge' kommt auch Amph. II 1, 69 (616) und V 1, 53 (1105) vor, vgl. *tanta mira* Cas. III 5, 5. Amph. V 1, 5, was nicht durch *tot mira* zu erklären ist.
1043. Dieser Vers ist von Ritschl theils aus inneren Gründen theils aus dem verderbten handschriftlichen Text des folgenden Verses eingesetzt worden.
1044. *uel* wie 873.
1045. Dieser Vers ist wohl mit Vahlen als Glosse anzusehen.

Íd si attulerit, dicam ut a med ábeat liber quó uolet,
Né tum, quando sánus factus sit, a me argentúm petat.
Sócer et medicus me ínsanire aiébant. quid sit, míra sunt.
Haéc nihilo esse míhi uidentur séctius quam sómnia.
Núnc ibo intro ad hánc meretricem, quámquam suscensét mihi: 1050
Sí possum exoráre, ut pallam réddat, quam referám domum.

MENAECHMVS II. MESSENIO.

ME. Mén hodie usquam cónuenisse te, aúdax, audes dícere,
Póstquam aduorsum mi ímperaui ut húc uenires? MES. Quín modo
Éripui, homines quóm ferebant té sublimem quáttuor,
Ápud hasce aedis. tú clamabas deúm fidem atque hominum
  ómnium: 1055
Quóm ego accurro téque eripio uí pugnando, ingrátiis.
Ób eam rem, quia té seruaui, me ámisisti líberum.
Quom árgentum dixí me petere et uása, tu quantúm potest
Praécucurristi óbuiam, ut quae fécisti, infitiás eas.
ME. Líberum ego te iússi abire? MES. Cérto. ME. Quin certís-
  summumst, 1060
Mépte potius fieri seruom, quám te umquam emittám manu.

MENAECHMVS I. MESSENIO. MENAECHMVS II.

ME. I. Súltis per oculós iurare, nihilo hercle ea causá magis
Fácietis ut ego hódie abstulerim pállam et spinter, péssumae.
MES. Di ímmortales, quid ego uideo? ME. II. Quid uides?
  MES. Speculúm tuom.

1047. *sit* als Länge, s. Einl. Trin. S. 19.
1049. *sectius*, Nebenform für das sonst von den Plautushandschriften gebotene *setius* (*secius*), für diese Stelle durch Varro's Autorität nach Gell. XVIII 9 verbürgt, leitet Corssen Krit. Beitr. S. 11 von der Verbalwurzel *seg-* (wovon auch *segnis* kommt) ab und nimmt an, dass dieser Comparativ des Participialstammes *seg-to-*, *sec-to-* in der ältesten Zeit die Bedeutung langsamer hatte, die dann zu der gewöhnlichen Bedeutung anders abgeschwächt worden sei.
1052. Menächmus II, der 881 erklärt hatte nach dem Schiffe gehen zu wollen, scheint um den Messenio zu suchen wieder umgekehrt zu sein.
1053. *postquam*, seit; *aduorsum* gehört zu *uenires*, s. zu 434.
1056. *ingratiis* i. e. *inuitis iis qui te sublimem ferebant*. Lambin.
1062. Menächmus spricht, aus dem Hause der Erotium heraustretend, noch hinein.
1064. Da die Handschriften hier

ME. II. Quid negotist? MES. Túast imago: tám consimilist quám
potest. 1065
ME. II. Pól profecto haud ést dissimilis, meám quom formam
nóscito.
ME. I. Ó adulescens, sálue, qui me séruauisti, quisquis es.
MES. Adulescens, quaeso hércle, eloquere tuóm mihi nomen, nisi
piget.
ME. I. Nón edepol ita prómeruisti dé me, ut pigeat quaé uelis
Eloqui. mihist Menaechmo nómen. ME. II. Immo edepól mihi. 1070
ME. I. Siculus sum Surácusanus. ME. II. Éadem urbs et pa-
triást mihi.
ME. I. Quid ego ex te audio? ME. II. Hóc quod res est. MES. Nóui
equidem hunc: erus ést meus.
Égo quidem huius séruos sum, sed húius me esse crédidi.
Húnc censebam té esse: huic etiam éxibui negótium.
Quaéso ignoscas, si quid stulte dixi atque inprudéns tibi. 1075
ME. II. Délirare mihi uidere. nón commeministi semul
Te hódie mecum exíre ex naui? MES. Énim uero aequom póstulas.
Tú erus es: tu séruom quaere. tú salueto: tú uale.
Húnc ego esse aió Menaechmum. ME. I. Át ego me. ME. II. Quae
haec fábulast?
Tú's Menaechmus? ME. I. Mé esse dico, Móscho prognatúm
patre. 1080
ME. II. Tún meo patré's prognatus? ME. I. Immo equidem, adu-
lescéns, meo.
Tuóm tibi neque óccupare néque praeripere póstulo.

pro di immortales und 1062 *si uoltis* haben, so ist es möglich, dass die Scene mit drei jamb. Octonaren begann, in welchem Falle mit Bergk 1663 die alte Form *hocedie* für *hodie* herzustellen sein würde.

1067. Menächmus zu Messenio, sich ihm nähernd.

1071. *urbs* gibt die Antwort auf *Suracusanus, patria* auf *Siculus.* Die Verbindnng von *urbs* und *patria* ist eine ziemlich geläufige, s. Cic. pro Mil. 34 § 93 *stet haec urbs praeclara mihique patria carissima,* so dass vielleicht auch Trin. 823 mit Camerarius *Quom suis me ex locis in patriam urbisque moenia reducem faciunt* zu schreiben ist.

1072. *hunc,* er zeigt auf Menächmus I, indem er diesen irrthümlich für seinen Herrn ansieht, daher Menächmus II ihm ein *delirare mihi uidere* an den Kopf wirft.

1074. *hunc* und *huic* auf Menächmus II zeigend, während er auf Menächmus I zeigen musste. — *exibui,* s. zu Capt. 813; *negotium,* behelligt hatte er ihn mit der Bitte um Freigebung und mit dem, was sich daran knüpfte. Die Lesart der Bücher am Versanfang *égo hünc censebam* lässt sich zwar nach den Einl. Trin. S. 15 zusammengestellten Beispielen prosodisch rechtfertigen, doch ist *ego* wohl nur aus Versehen aus dem vorigen Versanfang hierher gekommen.

1075. *quaeso ignoscas,* zu Menächmus II; *stulte atque imprudens,* Verbindung eines Adverbs und Adjectivs, s. zu Trin. 268.

1077. *aequom postulas,* du hast Recht.

1078. Hier unterscheidet er die beiden Menächmen richtig.

MES. Di immortales, spem insperatam dáte mihi, quam súspicor.
Nám nisi me animus fállit, hi sunt gémini germani duo:
Nam ét patriam et patrém commemorant páriter qui fuerint sibi. 1085
Séuocabo erúm. Menaechme. ME. AMBO. Quid uis? MES. Non
ambós uolo.
Séd *erum*: uter uostrúmst aduectus mécum naui? ME. L Nón ego.
ME. II. Át ego. MES. Te uolo igitur, huc concéde. ME. II. Concessi. quid est?
MES. Íllic homo aut *est* súcophanta aut géminus est fratér tuos.
Nám hominem hominis similiorem númquam uidi ego álterum, 1090
Néque aqua aquae neque láctest lactis, créde mihi, usquam similius,
Quam hic tuist tuque húius autem; póste eandem patriam ác patrem
Mémorat. meliust nós adire átque hunc percontárier.
ME. II. Hércle qui tu me ádmonuisti récte et habeo grátiam.
Pérge operam dare, ópsecro hercle. liber esto, si inuenis 1095
Húnc meum fratrem ésse. MES. Spero. ME. II. Ét ego idem
speró fore.
MES. Quid ais tu? Menaéchmum opinor té uocari dixeras.
ME. I. Íta uero. MES. Huic itém Menaechmo nómen est. In Sicilia
Té Suracusis natum esse dixisti: hic natúst ibi.
Móschum tibi patrém fuisse dixisti: huic itidém fuit. 1100
Núnc operam potéstis ambo mihi dare et uobis simul.

1083. *date spem*, lasst die Hoffnung zur Wirklichkeit werden, erfüllt sie; *spes* nimmt den Begriff der gehofften Sache mit auf wie in *spe potiri*; *mihi* ist Jambus wie *tibi* 1039. — *quam suspicor*, die ich ahne. Rud. IV 4, 47 (1091) *si quidem hic lenonis eiust uidulus, quem suspicor*, wo Reiz *quod suspicor* wollte. Ter. Heaut. IV 1, 1 *nisi me animus fallit, hic profectost anulus, quem ego suspicor.*
1085. *patriam et patrem*, Anticipation. — *pariter* d. i. sie nennen dieselbe Vaterstadt und denselben Vater.
1089. Vgl. Trin. 862 *illic homost aut dormitator aut sector sonarius.*
1090. *hominis*: über den in der alten Latinität allein üblichen Genetiv bei *similis* (die Handschriften haben *homini* und *lacti*) s. zu Capt. 112.
1091. *lacte* alt für *lac*, welche Form Plautus noch nicht kennt. — *crede mihi*, diese von den Handschriften hier gebotene, von den Kritikern angezweifelte Stellung beider Worte wird durch folgende sichere Beispiele geschützt: Ter. Phorm. III 2, 9 (wo *mihi crede* von dem Metrum ausgeschlossen wird). Cic. offic. III 19, 75. Ovid. Am. III 4, 11, auch einen mit *crede mihi* beginnenden Hexameter des Lucilius führt Non. p. 396 an und so scheint man *crede mihi* gesagt zu haben, wenn der Verbalbegriff, *mihi crede*, wenn das Pronomen betont war, ebenso wie *dic mihi* und *mihi dic* wechselte; vgl. auch Haase zu Reisig Anm. 618.
1092. *autem* 'andrerseits' nicht selten nach den copulativen Partikeln *et* und *que* (vgl. καί — δέ) z. B. Truc. IV 3, 64 *agite, abite, tu domum et tu autem domum.* Poen. IV 4, 19. Merc. I 2, 9. Pseud. II 2, 40; und in derselben Bedeutung ohne voraufgehende copulative Partikel Men. 777. Mil. III 1, 84. Pers. V 1, 11. Most. III 2, 91. — *poste*, s. zu 839.
1094. *hercle qui*, s. zu Capt. 550.
1097. *quid ais tu?* er wendet sich an Menächmus I.

ME. I. Prómeruisti ut né quid ores, quód uelis quin impetres.
Támquam si emerís me argento, liber seruibó tibi.
MES. Spés mihist, uos ínuenturum frátres germanós duos
Géminos, una mátre natos ét patre uno unó die. 1105
ME. I. Míra memoras. útinam efficere, quód pollicitu's, póssies.
MES. Póssum. sed nunc ágite uterque id, quód rogabo, dicite.
ME. I. Vbi lubet, roga : réspondebo. nil reticebo quód sciam.
MES. Ést tibi nomén Menaechmo? **ME. I.** Fáteor. **MES.** Est itidém tibi?
ME. II. Ést. **MES.** Patrem fuisse Moschum tibi ais? **ME. I.** Ita
uero. **ME. II.** Ét mihi. 1110
MES. Ésne tu Surácusanus? **ME. I.** Cérto. **MES.** Quid tu?
ME. II. Quíppini?
MES. Óptume usque adhúc conueniunt sígna. porro operám date.
Quid longissumé meminísti, dic mihi, in patriá tua?
ME. I. Cúm patre ut abií Tarentum ád mercatum : póstea
Ínter homines mé deerrare á patre atque inde áuehi. 1115
ME. II. Iúppiter suprémæ, serua mé. **MES.** Quid clamas? quin taces?
Quót eras annos gnátus *tum* quom té pater a patria áuehit?
ME. I. Séptuennis : nám tum dentes míhi cadebant prímulum.
Néque patrem postíllac umquam uidi. **MES.** Quid? uos túm patri
Fílii quot erátis? **ME. I.** Vt nunc máxume memini, duo. 1120
MES. Vter eratis, tún an ille, máior? **ME. I.** Aeque ambó pares.
MES. Qui id potest? **ME. I.** Gemini ámbo eramus. **ME. II.** Di me seruatúm uolunt.
MES. Si ínterpellas, égo tacebo. **ME. II.** Pótius taceo. **MES.** Dic mihi :
Vno nomine ámbo eratis? **ME. I.** Minume : nam mihi hóc erat,
Quód nunc est, Menaéchmo, illunce túm uocabant Sósiclem. 1125
ME. II. Signa adgnoui : cóntineri quín complectar nón queo.
Mi germane gémine frater, sálue : ego sum Sósicles.
ME. I. Quómodo igitur póst Menaechmo nómen est factúm tibi?
ME. II. Póstquam ad nos renúntiatumst te * * * *
* * * * * * ét patrem esse mórtuom,

1107. *uterque dicite,* s. zu 779.

1111. *quippiní* wird in B durch *scilicet* erklärt.

1113. *quid longissume meministi?* was ist das Fernste oder Früheste, dessen du dich entsinnen kannst?

1114. Der *ut*-Satz steht auf gleicher Linie mit dem folg. Accus, cum infin.

1115. Da von *deerrare* die beiden ersten Silben nach Einl. Trin. S. 17 durch Synicese zusammengezogen werden, so ist der Vers

mit Hiatus in der Hauptcäsur (zu 678) zu lesen ; jedoch ist Büchelen nicht ohne Wahrscheinlichkeit der Meinung, dass, da der Prolog, den sonst die Angaben des Stückes möglichst wörtlich wiedergibt, V. 31 *aberrare* hat, hier *med aberrare* zu lesen sei.

1121. *uter eratis* i. e. *uter uestrum erat,* s. zu 270. — *pares,* gleich alt.

1129. Hier ist der prol. 38 erzählte Umstand: *puerum surruptum alterum* in anderer Form ausgefallen.

Áuos noster mutáuit: quod tibi nómen est, fecit mihi. 1130
ME. I. Crédo ita esse fáctum ut dicis. séd mi hoc respondé.
ME. II. Roga.
ME. I. Quid erat nomen nóstrae matri? ME. II. Teúximarchae.
ME. I. Cónuenit.
Ó salue, insperáte, multis ánnis post quem cónspicor,
Fráter. ME. II. Et tu, quém ego multis míseriis, labóribus 1135
Vsque adhuc quaesíui quemque ego ésse inuentum gaúdeo.
MES. Hóc erat, quod haéc te meretrix huius uocabat nómine:
Húnc censebat té esse, credo, quóm uocat te ad prándium.
ME. I. Námque edepol mi hic hódie iussi prándium adparárier
Clám meam uxorem : quoí *quam* pallam súrrupui dudúm domo, 1140
Eám dedi huic. ME. II. Hanc dicis, frater, pállam, quam ego habeo
in manu?
ME. I. Quómodo haec ad té peruenit? ME. II. Méretrix, *quae* huc
ad prándium .
Me ábduxit, me sibi dedisse aiébat. prandi pérbene,
Pótaui atque accúbui scortum: pállam et aurum hoc *mihi dedit*
* * * * * * * 1145
ME. I. Gaúdeo edepol, si quid propter mé tibi euenit boni:
Nám illa quom te ad sé uocabat, mémet esse crédidit.
MES. Númquid me moráre, quin ego liber, ut iustí, siem?
ME. I. Óptumum atque aequíssumum orat, fráter: fac causá mea.
ME. II. Líber esto. ME. I. Quóm tu's liber, gaúdeo, Messénio. 1150
MES. Séd meliorest ópus auspicio, ut líber perpetuó siem.

* * * * * * *

1135. *miseriis, laboribus*, über die asyndetische Paarung zweier Substantive s. zu Trin. 302.
1138. *uocat* nicht s. v. a. *uocauit*, da Plautus eine solche Contraction des Perfect nicht kennt, s. zu Capt. 883.
1145. Wie schon der Schluss des vorigen Verses in den Büchern fehlt (*mihi dedit* ist von Camerarius hinzugefügt), so ist auch ohne Zweifel mit Ritschl der Ausfall eines ganzen Verses anzunehmen, etwa: *quae meo sumptu iuberem sibi reconcinnarier.*
1147. *me ted*, wie 1138 *hunc te esse.*
1148. *ut iusti*, s. 1095.
1150. *Messenio*: mit Recht hat es Ladewig auffällig gefunden, dass Menächmus I hier des Messenio Namen weiss, da er ihn doch 1067 mit *adulescens quisquis es* anredet, also ihn nicht kennt und seitdem zwar indirect (1073) erfahren hat, dass er der Sklave des andern Menächmus sei, aber den Namen desselben nicht wissen kann. Entweder also hat sich der Dichter eine kleine Nachlässigkeit zu Schulden kommen lassen oder es ist hinter *Liber esto* Einiges ausgefallen. Uebrigens bildeten die Worte *quom tu liber es, gaudeo* den stehenden Glückwunsch, der nach der förmlichen Erklärung der Freilassung dem *nouus libertus* dargebracht wurde, daher die Ironie Epid. V 2, 46, vgl. Ter. Adel. V 9, 15 mit Donats Bemerkung.
1151. Da er jetzt mit leeren Händen in den Stand der Freiheit getreten ist, hält er dies für ein ungünstiges Auspicium d. i. für einen schlechten Anfang; das bessere Auspicium, das er für nöthig hält, kann nur darin bestehen

MENAECHMI. 79

1. Quóniam haec euenérunt nobis, fráter, ex senténtia,
eamus redeámus ambo. ME. I. Fráter, faciam ut tú uoles.
onem hic fáciam et uendam quidquid est. nunc ínterim 1155
us intro, fráter. ME.•II. Fiat. MES. Scítin quid ego uós rogo?
E. I. Quid? MES. Praeconiúm mi ut detis. ME. I. Dábitur.
MES. Ergo núnciam
Vis conclamari aúctionem fóre? quo die? ME. I. Die séptimi.
MES. Aúctio fiét Menaechmi máne sane séptimi.
Vaénibunt serui, supellex, aédes, fundi. ómnia   1160
Vaénibunt, quiquí licebunt, praésenti pecúnia.
Vaénibit uxór quoque etiam, si quis emptor uénerit.
Víx credo auctióne tota cápiet quinquagénsiens.
Núnc, spectatorés, ualete et nóbis clare applaúdite.

dass sein bisheriger Herr ihm etwas in die Hand gibt oder vorschiesst, was ihn vor Noth schützt. Dies Verlangen und der Bescheid des Menāchmus II darauf sind ausgefallen. Vgl. Epid. V 2, 60 Ep. *nouo liberto opust quod pappet.* P. *dabitur: praehibebo cibum* und Ter. Adel. V 9, 22 ff.

1157. *praeconium:* für die öffentlichen, vom Staate veranstalteten Licitationen fungierten öffentliche *praecones*, neben denen es aber auch private *praecones* gab, die auf eigene Hand das *praeconium* zum Gewerbe machten und deren sich Privatleute zur Abhaltung von Auctionen, zum Ausrufen verlorener Dinge und dergl. bedienten. Zu letzterem Geschäfte erbietet sich hier Messenio. Vgl. Merc. III 4, 78 *certumst praeconum iubere iam quantumst conducier, qui illam inuestigent, qui inueniant.*

1158. *die septimi,* am siebenten Tage; *die* ist Locativ und = *die-i*, wie *e* in dem Locativ *mane* neben dem von Sisenna bei Charis. p. 203, 27 K. als regelmässig anerkannten *mani* (vgl. *peregre, peregri, rure, ruri*) sich zeigt, wie im Ablativ *absente* neben *absenti* und wie überhaupt im Genetiv und Dativ von Wörtern der E-Declination das i nicht selten abgefallen ist (s. zu Trin. 117); *septimi* aber (wie *quarti quinti noni crastini proxumi pristini*) hat dieselbe Locativendung wie *domi humi* und

mit temporaler Bedeutung wie *uesperi temperi luci heri*. Von der eigenthümlichen Verbindung zeitlicher Locative mit Adjectiven locativischer Endung haben sich noch folgende Beispiele erhalten: *die septimei* Pers. II 3, 8, *die crastini* Most. IV 1, 25, *die proxumi* Cato bei Non. p. 153, der auch *die pristini* bezeugt, mehr Beispiele aus älterer Latinität führt Gell. X 24 an, der diesen Sprachgebrauch ausdrücklich behandelt. Im allgemeinen Gebrauch aber sind von solchen Verbindungen *postridie* und *pridie* geblieben, denn *postridie* ist = *post(e)ri-die(i)* und *pridie* = *pri-die(i)*, *pri* aber ist Locativ zum Adverbialstamm πρό *pro* und aus *pro-i* entstanden wie *domi* aus *domo-i*.

1159. Dem Publicum zugewendet ruft er laut aus.

1160. Der Hiatus nach *fundi* vor dem letzten Creticus des Verses wie 473.

1161. *quiqui,* s. zu 545.

1162. *quoque etiam* ist auch bei Plautus kein Pleonasmus, denn *quoque* ist vergleichend, *etiam* steigernd. Trin. 1048. Pseud. IV 1, 22 (932). Epid. II 2, 51. IV 2, 19. Truc. I 1, 76. Amph. I 1, 125. II 2, 85. 121. Merc. I 3, 65. — *uaenibit,* die Länge der letzten Silbe wie in *erit*.

1163. *quinquagensiens* näml. *centena milia sestertium*. Die Form *quinquagesies* fehlt in den Grammatiken, die nur *quinquagies* anführen.

Angabe der in den Menaechmi vorkommenden Metra.

1—109. Jambische Senare.
110. 111. Cretische Dimeter mit einer trochäischen Tripodie.
112. 113. Cretische Tetrameter.
114. 115. Catal. dactyl. Tetr.
116—119. Cretische Tetr.
120. Troch. Octonar.
121—125. Jamb. Dimeter.
126—130. Troch. Septenare.
131. 132. Jamb. Octonare.
133. Troch. Septenar.
134. 135. Jamb. Octonare.
136. 137. Jamb. Septenare.
138—225. Troch. Septenare.
226—349. Jamb. Senare.
350. Anapäst. Dimeter.
351. Jamb. Dimeter.
352. 353. Anapäst. Dimeter.
354. Jamb. Dimeter.
355. Jamb. Senar.
356. Anapäst. Septenar.
357. Anapäst. Dimeter.
358. Jamb. Octonar.
359. Catal. anapäst. Dimeter.
360—363. Anapäst. Dimeter.
364. Jamb. Dimeter.
365. Catal. jamb. Tripodie.
366. Anapäst. Dimeter.
367. Catal. anapäst. Dimeter.
368—462. Troch. Septenare,
463—566. Jamb. Senare.
567—574. Baccheische Tetr.
575. Cretischer Tetr.
576. 577. Catal. bacch. Trimeter.
578. Troch. Dimeter.
579. Bacch. Dimeter.
580. Jamb Dimeter.
581. Bacch. Tetr,
582. Jamb. Octonar.
584. Bacch. Tetr.
585—588. Troch. Octonare.
589. 590. Troch. Septenare.
591. Troch. Octonar.
592. Troch. Septenar.
593—596. Jamb. Octonare.
598. 599. Anapäst. Septenare.
601—697. Troch. Septenare.
698—749. Jamb. Senare.
750—758. Bacch. Tetr.
759. Bacch. Dimeter.
760. Catal. jamb. Dimeter.
761. Troch. Dimeter.
762. Cret. Dimeter mit catal. troch. Tripodie.
763. Troch. Dimeter.
764—773. Bacch. Tetr.
774. Catal. jamb. Dimeter.
775—871. Troch. Septenare.
872—898. Jamb. Senare.
899—965. Troch. Septenare.
966—968. Bacch. Tetr.
969. Catal. bacch. Tetr.
970. Bacch. Tetr.
971. Catal. bacch. Tetr.
972. 974. 976. Catal. bacch. Dimeter.
973. 975. Jamb. Dimeter.
977. Bacch. Tetr.
978. Jamb. Septenar.
979. Jamb. Senar.
980—987. Jamb. Septenare.
988—990. Jamb. Octonare.
991—996. Troch. Septenare.
997—1005. Jamb. Octonare.
1006. Jamb. Dimeter.
1007. 1008. Jamb. Octonare.
1009—1164. Troch. Septenare.